KNEIPENSZENE(N)
AUS BOTTROP

VON ELSBETH MÜLLER UND JAN SCHLÜTER

Impressum

Idee und Autoren: Elsbeth Müller, Jan Schlüter
Design und Layout: Jan Schlüter, Carsten Oswald (www.caos-design.de)
Umschlagillustration: Carsten Oswald
Fotos: U. Martin und andere (siehe auch Quellenverzeichnis)
Verlag: Eigenverlag Schlüter

Herausgeber: Historische Gesellschaft Bottrop e.V. (Beitrag zur Bottroper Geschichte Bd. 36)
Elsbeth Müller, Jan Schlüter

Mit Gastbeiträgen von: Bettina Jansen (S. 5), Bastian Trembich (S. 7), Dr. Thomas Stauder (S. 9),
Hermann Beckfeld (S. 50-53)
Für den Inhalt der Beiträge sind die Herausgeber und Autoren verantwortlich.

Über die Autoren

Elsbeth Müller ist Geschäftsführerin der Historischen Gesellschaft Bottrop e.V. und langjährige Print-Journalistin.
Jan Schlüter ist wissenschaftlicher Mitarbeiter an der TU Dortmund und Online-Journalist im Bereich Medien.

ISBN 978-3-00-054208-4 **1. Auflage 2017**

INHALTSVERZEICHNIS

ERST EINMAL PROSIT...

Das ist ja das Gute am Durst, er kommt nicht aus der Mode. Wir trinken, weil es gesund ist – am liebsten das, was schmeckt. Ob Bier, Wein, Wasser... Auf den Genuss kommt es an. Jeder wirkliche Genuss ist gewissermaßen an eine Langsamkeit gebunden, die uns fast fremd geworden ist. Das gilt so auch für die Unterhaltung. Die Branche – Unterhaltung – ist im Aufwind. In dieses Klima passen unsere **„Kneipenszene(n) aus Bottrop"**. Nehmen Sie Ihr Glas und gesellen Sie sich zu den Titelhelden. Fehlt Ihnen die Stimmung, unterhaltsame Gedanken zu „schöpfen", dann wechseln Sie die Methode der Lektüre, blättern und stöbern Sie!

Die **„Geschichten von hier"** erzählen vom Gestern und Heute heimischer Gastronomie. Stadt- und Sozialgeschichte blitzt auf. Nicht viel Neues, sondern Bekanntes ist aufgefrischt, unter Nutzung heimatgeschichtlicher Quellen, nicht chronologisch und ohne wissenschaftlichen Anspruch, exemplarisch aufgerufen, ergänzt um Selbsterlebtes; mit dem Blick über den Zaun und dem **Brückenschlag zur Gegenwart**. Die Historische Gesellschaft Bottrop e.V., die das „Kneipenthema" erstmalig 2005 anging und „Unterwegs – auf den Spuren Bottroper Traditionsgaststätten" mehrmals in Alt-Bottrop und Kirchhellen fündig wurde, gab den Impuls zu vorliegender Schrift. Das Grußwort an ihrer Stelle als Hauptherausgeber lässt sie von jungen Leuten sprechen: den KneipenKumpels. Klassisch-Erhaltenes, Traditionelles ist festgemacht an Namen und Bildern. Wir geben der Bier- und Braukultur Raum, servieren einige Kostproben der neuen Bottroper „Wirtschafts"-Szene und lassen die Geschichten an bestimmten Orten von konkreten Personen spielen. Unser Dank gilt allen, die dieses Kaleidoskop durch ihren Beitrag erst möglich machten. Schade um all das, was aus Platzgründen wegfiel. Wir wünschen ungetrübten (Lese-)Genuss!

Elsbeth Müller und Jan Schlüter

AUF EIN WORT...

Mit der Erinnerung an die traditionsreiche Bottroper Gastronomie, die die ehemalige Westfalia-Brauerei Bernhard Jansen in der Vergangenheit über mehrere Generationen begleiten durfte, bereiten die Autoren und Herausgeber vorliegender Schrift meiner Familie und mir eine große Freude.

Die Bottroper Lokale in ihrer ganzen Vielfalt waren über Zeiten und Generationen hinweg ein Treffpunkt für alle Bürger. Dort konnten sie zusammenkommen und Freundschaften über alle Grenzen hinweg schließen. Zum Glück ist dies nicht nur Geschichte, sondern auch Gegenwart, wie uns dies die erfreuliche Entwicklung der heutigen Gastronomie unter ihren engagierten Repräsentanten zeigt. Damit leisten diese Stätten der fröhlichen Begegnungen – wie einst – einen wertvollen Beitrag zum gesellschaftlichen und geselligen Leben in der Stadt und fördern den Zusammenhalt in der Bürgerschaft.

Die Historische Gesellschaft Bottrop e.V. befasste sich in den letzten Jahren intensiv und öffentlich wirksam mit dem Thema „Auf den Spuren Bottroper Traditionsgaststätten". Es ist ein Verdienst der Autoren Elsbeth Müller, Geschäftsführerin der Gesellschaft, und Jan Schlüter, dass dieses kleine, aber für die Menschen so schöne Kapitel Bottroper Geschichte aufbereitet und dokumentiert wurde, damit es nicht in Vergessenheit gerät. Kompliment und meinen Glückwunsch spreche ich allen aus, die – jeder auf seine Weise – Beitrag dazu leisteten. Möge der gelungene Lese- und Bilderbogen allen Lesern bei einem guten Getränk viel Freude bereiten.

Bettina Jansen
Tochter von Bernhard Jansen, des letzten Pächters der „Westfalia-Brauerei"

Auf ein Wort...

Für viele Bürger ist die Kneipe – *die Gaststätte, die Wirtschaft* – mehr als ein Ort des bloßen Freizeitvertreibs. Tag für Tag und Abend für Abend wird hier (beim Bier) ein Stück Gemeinschaft hergestellt und ein Teil sozialer Identität als Bürger gestiftet. Damit gehört für Viele die heimische Kneipenkultur zu ihrem Selbstverständnis als Bottroper. Die vorliegende Schrift ist dafür ein Zeugnis und trägt einmal mehr zum Verständnis der *Gemeinde* Bottrop und der Kneipenkultur als Institution des Ruhrgebiets bei.

Besonders erfreulich ist darum, dass sich in den letzten Jahren auch – wieder – bei jungen Menschen ein erstarkendes Interesse am Bottroper Kneipenleben verzeichnen lässt. Die positive gastronomische Entwicklung insbesondere der Gladbecker Straße und des Rathausviertels, wie sie auch hier festgehalten wird, hat daran zweifelsfrei ihren Anteil. Hier bedeutet Kneipenkultur schon längst nicht mehr nur Bier und Frikadellen, sondern sie vermag es auch, den "Milden Emil" und den "Galenus" neben Wein- und Cocktailangeboten zu platzieren. Damit steht sie für die willkommene soziale Mischung von Jung und Alt.

Der Verein der "Bottroper KneipenKumpels" versteht sich als Ausdruck dieser neu entflammten gastronomischen Begeisterung junger Menschen für ihre Stadt. Aus der Motivation heraus entstanden, die Kneipenkultur auch als junge Generation fortzuführen und zu pflegen, möchten wir diese gastronomische Entwicklung durch unseren regelmäßigen Besuch von jeweils zwölf Bottroper Kneipen an nur einem Abend bestätigen und auch in Zukunft unterstützen. Ein Kneipenbuch ist dahingehend ein Glücksfall, denn Kneipenkultur kann nur solange bestehen, wie sie von mutigen Gastronomen gestaltet und von Bottroper Bürgern praktiziert und gelebt wird.

Für die „Bottroper KneipenKumpels“

Bastian Trembich

Für ein perfektes Bier machen wir alles.
Außer Kompromisse!
Lassen Sie uns nicht hängen und überzeugen Sie sich selbst!
Axel Stauder
Thomas Stauder
Stauder
Premium Pils
Stauder
Die kleine Persönlichkeit
Premium Pils
Privatbrauerei Jacob Stauder Essen
Ehrlich wie das Ruhrgebiet.

AUF EIN WORT...

Liebe Freunde der Bottroper Kneipengeschichte,

als wir von dem Vorhaben hörten, diesen Streifzug durch die Entwicklung der Bottroper Kneipenszene als Buch zu veröffentlichen, haben wir als Familienunternehmen aus der Nachbarschaft aus mehreren Gründen gerne mitgemacht.

Kneipen stehen wie keine andere Form der Gastronomie für Kommunikation, Gemeinschaft und nicht zuletzt für Biergenuss auf hohem Niveau. Erfolgreiche Wirte bieten ihren Gästen mit großem persönlichen Einsatz einen Ort, auf den sie sich immer wieder freuen können. Heute ist die Zahl der echten Kneipen aufgrund der Veränderungen insbesondere im Freizeitverhalten wesentlich geringer als noch vor Jahrzehnten. Dennoch gibt es immer wieder positive Beispiele, bei denen tolle Wirte mit einem guten Konzept und vielen guten Ideen ihre Kneipen erfolgreich weiterführen und neue Gäste dazugewinnen. Diese Entwicklung liegt uns sehr am Herzen, wir möchten mit der Unterstützung dieses Buches ein kleines Stück dazu beitragen.

Dazu kommt, dass wir uns der Stadt Bottrop sehr verbunden fühlen. Von unserer Brauerei in Altenessen sind die meisten Orte und auch die Kneipen in Bottrop mindestens so nah wie große Teile der Stadt Essen. Wir fühlen uns den Menschen in Bottrop sehr nah, zumal auch zahlreiche Mitarbeiter von uns in Bottrop wohnen. Im zusammenwachsenden Ruhrgebiet möchten wir gerne für möglichst viele Menschen die Rolle der „Heimatbrauerei“ übernehmen.

In diesem Sinne wünsche ich Ihnen viel Freude mit diesem schönen Buch über ein wichtiges Stück Heimatgeschichte.

Dr. Thomas Stauder

Haben Sie einen Moment Zeit?

„Dafür ist Ihre wertvolle Zeit zu kostbar!“ Der Schriftbalken auf dem Werbeplakat für zeitsparende Computer-Software ist nicht zu übersehen. Eine solche Schlagzeile ist werbewirksam, denn für die Wirtschaft ist Zeit Geld. Zeit ist teuer und knapp. „Nie hast du Zeit für mich!“ Viel beschäftigte Väter zum Beispiel kennen solche Vorwürfe. An anderer Stelle ist es so zu hören: „Seit Wochen hängst du nun schon hier herum, kannst du nicht endlich mal was Sinnvolles tun?“

Lebenswelten driften auseinander

Zeit – Freizeit: Die einen haben zu viel davon, die anderen zu wenig. Die einen wissen nicht, wie sie den Tag gestalten, sinnvoll „herumkriegen“ sollen, andere könnten gut und gerne noch ein paar Stunden zusätzlich brauchen. Die einen sind ohne Arbeit, die nächsten völlig überlastet. Die einen müssen jeden Cent umdrehen, bevor sie ihn ausgeben, die anderen finden nicht einmal die Zeit, ihr hart verdientes Geld unter die Leute zu bringen. Lebenswelten driften auseinander. In einer Wochenzeitschrift fand ich treffend skizziert: „Er kennt fast jeden Goldfisch im Stadtteich.“ Das bleibt nicht aus, wenn man stundenlang aufs Wasser starrt. Vor drei Jahren hat er noch gearbeitet. 23 Jahre in demselben Betrieb. Immer gutes Geld verdient. Nun aber jeden Nachmittag: Parkbank – Goldfische – alleine – und das mit 44. Stumm – Stumpfsinn… Für die, die nichts zu tun haben, gerinnt der Tag zu klebriger Masse. Nur wenige Ecken weiter: die Einkaufsmeile, schnelle Gäste. Wer mit der Zeit geizen muss – beim Arbeitsessen in der Bierklause liegt das Handy neben der Gabel –, der muss planen, und wer planen muss, ist schnell verplant; der hat nur noch wenige individuelle und private Freiräume. Persönliches bleibt dann auf der Strecke; es braucht ja Zeit. Was machen wir mit unserer Zeit? Opfern wir sie nur auf dem Altar der Arbeit? Und womit füllen wir unsere Freizeit?

18,70 €

9,50 €

Letztgenanntes Wort ist übrigens jüngeren Ursprungs. Wenn unsere Großväter und -mütter, unsere Urgroßeltern von „Muße“ sprachen, war damit ein Privileg unbeengten Lebens gemeint; laut Theodor W. Adorno (*Professor für Philosophie, Universität Frankfurt, Direktor des Instituts für Sozialforschung, Johann Wolfgang Goethe-Universität, gestorben 1969*) „dem Inhalt nach wohl etwas qualitativ Anderes, Glückvolleres“. Der Begriff Freizeit dagegen weist indirekt hin auf den Kontrast zur nicht freien Zeit, die von fremdbestimmter Arbeit geprägt wird. Freizeit ist also an den Gegensatz von Arbeit gekettet. Dieser Gegensatz formt ihre wesentlichen Züge. Wenn sie als entlastete, scheinbar selbstverfügbare Zeit und als Raum für vielgestaltige Tätigkeiten gilt, dann verbirgt sich dahin-

Eine der wenigen Gaststätten, die die Zeit überdauert haben: Das Restaurant „Franz Grossewilde“ auf einer Postkarte um 1903 (heute: Hotel-Restaurant Große-Wilde)

Reliquie aus einer anderen (Frei-)Zeit: Das Bottroper Adressbuch von 1911

ter auch der Wunsch, gar die Forderung nach Möglichkeiten des „qualitativ Anderen, Glückvolleren". Es ist der Wunsch nach Kommunikation, nach Unterhaltung und Vergnügen, nicht zuletzt, um soziale Netzwerke zu knüpfen und bestehende fortzusetzen. Vielleicht hätte unser „Goldfischzähler" gut daran getan und sich verstanden gefühlt, wenn er sich mit Menschen getroffen und unterhalten hätte...

Hier bringe ich nun die Wirtschaft, die Gaststätte, die Kneipe, wie wir sie auch nen-

Eine historische Anzeige aus dem Bottroper Adressbuch von 1911

nen mögen, ins Spiel: Sie ist der Platz, an dem seit jeher Menschen jeden Alters, aller gemeinschaftlichen Gruppierungen, unterschiedlichster politischer, religiöser Ansichten und ethnischer Wurzeln zusammenkommen, um zu „vertellen“ an Theke und Tresen, an Tisch und Stammtisch. Das Getränk vor ihnen ist das verbindende Element, das Männer und Frauen, Jung und Alt, Arm und Reich versammelt. Die Wirtschaft – oft geschmäht und wiederum beliebt: Kaum etwas Anderes ist so umstritten wie diese „Institution“, der zweifellos als sozialem Bezugs- und Entfaltungsraum eine besondere Bedeutung zukommt – zu allen Zeiten. Ganz gleich, wie wir es nun mit der Wirtschaft nehmen: Sie war und ist im (Freizeit-)Leben der Menschen ein Stückchen Heimat; Heimat in „kleinen Räumen“.

„Wir wünschen Ihnen gute Unterhaltung!“– ein tausendfach gehörter Satz. Was wünschen wir eigentlich? Geselligkeit – angenehmen Zeitvertreib – lebhafte Gespräche? Was meint Vergnügen? Spaß – Freude – Belustigung – Temperament? Wie wirken sich diese Tugenden auf den Umgang mit anderen Menschen aus? Und welche Eigenschaften braucht es, um Vergnügen zu entwickeln, zu stärken und zu kultivieren? Worin drückt es sich aus und wann hat es wo welche Formen angenommen? Viele Fragen zu einem alten Thema, zu dem jeder seine Meinung hat, haben sollte. Und welche Rolle spielt in diesem Kanon die Wirtschaft? Wie war das im Ruhrgebiet? Wie war das in unserer Region, deren Name weniger für eine Landschaftsbezeichnung als mehr für ein Fleckchen Erde steht, das in der zweiten Hälfte des 19. Jahrhunderts enorm gewachsen und in rasantem Tempo industrialisiert wurde?

Bis dahin war dieses Gebiet bekanntlich gezeichnet von einer Vielzahl kleinerer Gemeinden mit bäuerlicher Bevölkerungsstruktur.

In diesen agrarischen Dörfern der vorindustriellen Zeit gestalteten sich öffentliche Freizeitgewohnheiten – Feste und Feiern – brauchtümlich, eher zum Vergnügen als unter dem Aspekt ernst zu nehmender Bildung oder Belehrung. Sie waren von Rhythmen der Natur, der Arbeit auf dem Lande und von Zyklen des Kirchenjahres geprägt, also meistens religiös ausgerichtet und auf Sonntage oder mehrtägige Feiertage festgelegt. Kurzum: Es gab die Arbeit (auf dem Lande) und es gab einen Feier-Abend und einen Feier-Tag. Zentrale Orte dieser (öffentlichen) Vergnügungen waren Höfe, Straßen und Plätze (Kirmessen, Schützenfeste u. ä.) und Wirtschaften. Im Dorf Bottrop, das laut Wilfried Krix (vgl. 2007: „Alt-Bottroper Kneipenlandschaft", S. 5) zu Beginn des 19. Jahrhunderts, die Wirtshausdichte betreffend, mit ca. 30 Wirtschaften der Spitzenreiter im Landkreis Recklinghausen war, brachten vor allem die traditionellen Märkte die Masse Mensch ins Wirts- bzw. Gasthaus.

Kommerzialisierung der Freizeit

Mit der Industrialisierung vollzog sich ein völliger Wandel. Veränderte Lebensweisen hatten auch ein neues Verständnis von Zeit und des Umgangs mit ihr zur Folge. Zwar war es die Aussicht auf Arbeit, die die Zuwanderer ins Ruhrgebiet lockte. Doch Arbeit allein war nicht alles. Auch die wenige verbleibende Freizeit wollte „sinnvoll" und intensiv genutzt sein. Erfahrungen und Kämpfe am Arbeitsplatz, das enge Zusammenleben in Siedlungen mögen als Faktoren gelten, die allmählich ein Zusammenrücken der unterschiedlichen Gruppen bewirkten. Die Gestaltung der freien Zeit spielte zweifellos eine wichtige Rolle. Integration war bekanntlich keineswegs konfliktlos, trotz einer Vielzahl spezifischer Organisationshilfen und Interessenvertretungen (Gesangs-, Sport-, Geselligkeits-, Jugend- und kirchliche Gemeinschaften). Von Gewaltkriminalität und Methoden, wie man in Preussens „Wildem Westen" damit umging, von derar-

Tradition um die Jahrhundertwende in Kirchhellen: Die Schenkwirtschaft Theodor Diekmann

tigen Irrungen und Wirrungen soll und kann in diesem Kapitel nicht die Rede sein. Viel wurde dazu geforscht und Erforschtes unter verschiedensten Aspekten öffentlich gemacht. Fest steht, dass sich nach 1850 Vergnügungen vermehrt in geschlossene Räumlichkeiten verlagerten. Wirtshäuser, auch Gartenwirtschaften und solche „Kneipen" mit Saal und Bühne, die schon lange Anlaufstellen für Straßensänger, Wandertheater, Schausteller waren, boten Räumlichkeiten für Konzert, Theater, Tanz, sprich Unterhaltung. Aus der sporadischen und saisonalen Erweiterung der Gastronomie durch Unterhaltung wurde eine Dauereinrichtung. Insoweit gelten die Wirtschaft und auch das Kino als Institutionen, „die gewissermaßen den Beginn und den ersten Höhepunkt im Prozeß der Kommerzialisierung der Freizeit markieren. Es waren die Kneipen, in denen der Trend, regelmäßig Unterhaltung gegen Geld anzubieten, zuerst zum Ausdruck kam“ (Kift 1992: „Kirmes – Kneipe – Kino. Arbeiterkultur im Ruhrgebiet zwischen Kommerz und Kontrolle (1850-1914)“, S. 2). Sie waren multifunktional und wandlungsfähig, verbanden traditionellerweise Gastronomie mit Unterhaltung. Aus kleineren Kneipen wurden durch den Einbau von Bühnen Tingeltangel, aus größeren Singspielhallen oder Spezialitätentheater und etwa seit den 1870er Jahren Varietés. Zum Stichwort Vereine: Sie galten als Organisationsform, die die Arbeiterschaft selbst in hohem Maße gestalten konnte und die eine Alternative zum kommerziellen Vergnügen darstellten.

Für die Bevölkerung waren Wirtschaften – als Gegenpol zur Welt der Arbeit und zur Enge der Wohnverhältnisse – Orte der Zuflucht und der Informationsversorgung. Sie galten als Treffpunkte, an denen sich Menschen unterschiedlicher Schichten austauschen konnten. Diese Institution half ihnen, soziale Bindungen zu festigen und Freizeit zu leben (vgl. ebd., Abrams 1992: S. 42ff): „Die eigentliche Funktion des Wirtshauses war [...], Hauptbezugspunkt in der städtischen Arbeiterkultur zu sein. Seine Besucher kamen nicht nur zum Trinken, sondern spielten auch Karten und Billard, kegelten, versuchten sich in Glücksspielen, ließen sich von fahrenden Künstlern unterhalten; sie diskutierten die Tagespolitik oder ihre persönlichen Probleme. Wirtshäuser fungierten als Arbeitsämter, Lohnbüros, Tanzhallen, Vereinslokale und Lesesäle. [...] Daß die Leute in den 1870er Jahren mehr und mehr vom Schnaps zum Bier übergingen, war eine Folge komplexer Umstände. Dazu beigetragen hatten die Verbesserung des Lebensstandards, neue Arbeitspraktiken, sich wandelnde Geselligkeitsformen sowie Einschränkungen des Schnapskonsums am Arbeitsplatz." (ebd., S. 42)

Reglementierungspolitik

Freizeitleben und Unterhaltung, die in den Wirtshäusern kultiviert wurden, gestalteten sich aber nicht ausnahmslos nach den Wünschen der Besucher, sie unterlagen ordnungspolitischen Maßnahmen des Staates, um ausschreitende Vergnügungsgewohnheiten in geordnete Bahnen zu lenken. Diese Auflagen richteten sich sowohl auf die Institution, in der Freizeit = Feste, Feiern, Geselligkeit stattfand, als auch auf die Inhalte dieser Freizeit- und Vergnügungsangebote selber. Diese behördliche Reglementierungspolitik schlug sich in hohem Maße in der Entwicklung des Gaststättengewerbes nieder. Da die überwachenden Ordnungshüter (Polizei) in den Wirtshäusern Orte der „Trunksucht und Völlerei" sahen, galt es nun, die Zahl dieser Stätten möglichst gering zu halten, gar überflüssige, dem Gemeinwohl schädigende Wirtschaften zu verhindern. Diese Reduktion von Amts wegen war Sinn und Zweck der Konzessionsvergabe. Seit Inkrafttreten der *Gewerbeordnung vom 21. Juni 1869* hatte sich die Zahl der Gaststätten so immens vermehrt, dass in den Folgejahren bis zur Jahrhundertwende ein umfassender Katalog an gesetzlichen Bestimmungen zur Vergabe von Konzessionen an Gast- und Schankwirte entstand. Der größte Einschnitt ist mit der *Änderung des § 33 der Gewerbeordnung vom 23. Juli 1879* festzuhalten. „Sie schrieb – neben der Überprüfung der wirtschaftlichen und sittlichen Lebensführung des antragstellenden Wirtes – für die Erteilung sowohl einer unbeschränkten Gast- als auch Schankwirtschaftskonzession vor, den Nachweis eines vorhandenen Bedürfnisses zu erbringen." (ebd., Kosok 1992: S. 61) Ein solches Bedürfnis ent-

Verwaschene Impressionen aus anderer Zeit: Die Fotos zeigen das Café Mennekes an der Osterfelder Str./Altmarkt um 1916.

schied sich anhand der Einwohnerzahl, die in einem angemessenen Verhältnis zur Anzahl der Schankstellen stehen musste. Demnach wurden bereits bestehende Wirtschaften in die Entscheidung über eine Konzession mit einbezogen (vgl. ebd.). „Für die Orte unter 15.000 Einwohnern war dieser Nachweis obligatorisch, für die mehr als 15.000 Einwohner zählenden Städte und Gemeinden war die Verpflichtung zum Nachweis durch [...] Ortspolizeiverordnung [...] festzulegen." (ebd.)

Die Strukturen des Freizeitbetriebes in Wirtshäusern, Schank- und Gastwirtschaften des Ruhrgebietes waren zu Beginn des 20. Jahrhunderts weitgehend festgeschrieben: Festlegung der Polizeistunde, Gaststättenlage, -größe und -ausstattung, bauliche und sicherheitstechnische Mindestanforderungen, gesundheitspolizeiliche Auflagen an Sauberkeit und Hygiene, Sperrstundenfristen, Verschärfungen der Bestimmungen bei Tanzveranstaltungen in Saalwirtschaften, kritische Überwachung von Vereinsveranstaltungen, u.a.m. Die Bürgermeister der Ruhrgebietsstädte und Gemeinden hatten mit zusätzlichen Ortsstatuten (Mäßigkeitsvereine u. ä.), deren Einhaltung mit peinlichster Gewissenhaftigkeit überwacht wurde, die Hebel zur quantitativen Regulierung des Gaststättenmarktes in der Hand.

Um 1912: Hotel Mostert (Hochstr.)

In den USA hielt ab 1916 die Prohibition Einzug und verbot Herstellung und Verkauf von Alkohol. Das illegale Geschäft mit höherprozentigen Getränken florierte daraufhin, sogenannte „Flüsterkneipen" entstanden in den Städten. Mit der im Jahr 1929 einsetzenden Weltwirtschaftskrise und der folgenden „Großen Depression" sank die Akzeptanz der Verbote stark, vier Jahre später wurden sie schließlich abgeschafft.

Strukturwandel der 1950er Jahre – Zechensterben

Die Zeiten, als sich Bürger durch Konjunktur und Vereinsbildungen zwecks „Lebensbewältigung" zusammenschlossen und mit dem sogenannten „Kreditsystem des Anschreibens auf Latte" eine Fülle von Gastwirtschaften entstand, sind jungen Leute heute allenfalls aus Geschichtsbüchern oder aus Erzählungen bekannt. Etliche dieser Kneipen lagen im Kern des Dorfes, andere an den Straßenecken oder in Wohnsiedlungen. Sie waren Zeichen der Industrialisierung und berstend voll, berichten die Chronisten. Über viele Jahrzehnte war auch in Bottrop die Kneipe der Ort, an den man sich fast täglich begab – nach getaner Arbeit, am Feierabend, am Wochenende.

Eine Postkarte aus dem alten Welheim. Unten zu sehen: die Prosperstraße.

Mehrfacher Strukturwandel, das stetig wachsende Freizeitangebot, seine Wahrnehmung und damit einhergehendes Freizeitverhalten sind nur einige Faktoren, die im Laufe von wenigen Jahrzehnten immer wieder neue Lebensformen und -inhalte (heraus) forderten.

Der Bottroper Altmarkt vor 1950

Das Zechensterben schlug sich in allen Freizeitbereichen nieder, so auch in der Nutzung heimischer Gaststätten. Vom Boom konnte nicht mehr die Rede sein. Die Jugend blieb aus. Sie zog, wenn überhaupt, in Discos, in die Erlebnisgastronomie und Szenekneipe. „Schön essen gehen" und die sogenannte Biertrinkkultur zuhause vor dem Fernseher waren im Trend. Wie man in den wenigen etablierten noch erhaltenen (Wirtschafts-) Kreisen und ihrem Umfeld damals reagierte, das blitzt auf in nachfolgenden Kapiteln. Sie beleuchten an Beispielen das Bottroper Traditionsgaststättengewerbe in Vergangenheit und Gegenwart; so wie es war, was uns geblieben ist und was Neues sich auftut.

WESTFALIA-BRAUEREI B. JANSEN

EIN BOTTROPER WAHRZEICHEN GING VERLOREN

„Es war einmal?“ Es müssen nicht immer Märchen sein, wir haben es schwarz auf weiß: Es gab einmal eine Brauerei in unserer Gemeinde, die bis heute gut von sich reden macht und manchen – nicht nur passionierten – Kneipengänger ins Schwärmen und Schwelgen bringt. „Bottroper Bier“ – die einen stimmen an nach Art Jürgen von Manger, dessen unverwechselbarer Schlager heute noch aus den Telefonwarteschleifen an unsere Ohren dringt. Die nächsten würden gerne noch mal „Kühles Blondes“ der Marke made in Bottrop nehmen. Die Jüngeren staunen nicht schlecht, wissen nicht so recht, hinterfragen.

Wir fangen am besten von vorne an:
„1874, [als Bottrop noch ein Dorf war, Anm.], wurde durch B. Jansen der Grund zur […] Westfalia-Bauerei gelegt. Ausgestattet mit den Kenntnissen eines tüchtigen Praktikers, der […] sein Wissen und Können durch jahrelange Betätigung in den verschiedensten Betrieben des In- und Auslandes gesammelt hatte, konnte er ruhig das Unternehmen wagen. Neben der damals noch betriebenen Landwirtschaft entstand eine kleine obergärige Brauerei mit Handbetrieb. Das bedeutete schwere körperliche Arbeit, aber auch Umsicht. Der Brauer war damals nicht Fabrikant, sondern Handwerker, wie beispielsweise der Bäcker auch, deren Gewerbe recht häufig verbunden waren. Das Produkt war gut. Im eigenen Ausschank und bei einigen Gastwirten der zur damaligen Zeit noch ganz ländlichen Gegend Bottrops wurde es abgesetzt. Die […] Wirte, die bisher ihren Bierbedarf aus der Umgegend, Osterfeld, Oberhausen oder Gladbeck bezogen, griffen bald zum

einheimischen Gebräu, und die Güte des Bieres hatte eine Erweiterung der Kundschaft zur Folge. Die Arbeit wuchs […]. So mußte Jahr um Jahr der Betrieb vergrößert werden. Es blieb nicht beim obergärigen Biere. Dem Zuge der Zeit und dem Geschmack der Konsumenten folgend mußte auch bald untergäriges Bier hergestellt werden". Das lesen wir in den „Erinnerungsblättern 1874/1924 zum 50-jährigen Geschäfts-Jubiläum Westfalia-Brauerei B. Jansen Bottrop GmbH". Keine 150 Jahre liegen zwischen dem Gestern und Heute. Wie leicht sich das ausspricht, doch wieviel mehr als nur das Streben nach (wirtschaftlichem) Aufschwung steckt in dieser großen Zeitspanne? Mehrmaliger Strukturwandel und das Wirtschaftswunder – neue Arbeitswelten und verändertes Freizeitverhalten – gingen auch an der Brauerei nicht spurlos vorüber.

Das Haus der Urgroßeltern (Bernhard Jansen sen.) am Altmarkt 7

Wir drehen noch einmal zurück

1976: Ungefähr 40 Jahre sind seit der Aufgabe des Gewerbebetriebes „Brauerei B. Jansen GmbH" ins Land gezogen. Als 1978 Planierraupen und Bagger anrückten, um die Gebäude auf dem Brauerei-Gelände gegenüber der Hauptpost abzuräu-

Historisches Foto vom Gelände der Westfalia-Brauerei am Neumarkt nach 1906

men, war das das endgültige Aus für den Brauerei-Ausschank. Ein Wahrzeichen im Herzen der Stadt, ein Treffpunkt, ein Stück Alt-Bottrop ging verloren. Jawohl: „Die Westfalia-Brauerei Jansen hat Geschichte geschrieben“, so ähnlich lesen wir es in örtlichen Zeitungsblättern, die mit Bürgerumfragen erste Reaktionen und den damaligen Zeitgeist einfingen. Es ist ein Stimmungsbild der 1970er Jahre, in denen „am besten alles Alte dem Neuen möglichst schnell Platz machen sollte“, beschrieb ein Teilnehmer der Kneipentouren der Historischen Gesellschaft Bottrop e.V. den selbsterlebten Trend.

„Aber in Bottrop ist auch schon so viel andres abgerissen worden...“

So haben wir es schwarz auf weiß: „Schade darum“, sagten die einen, als dem Brauereigemäuer zugunsten eines Einkaufszentrums die Spitzhacke angesagt war. Andere erhofften sich von dem geplanten Center (das spätere Hansa-Zentrum) an jenem zentralen Standort etwas Besonderes für Bottrop. Nostalgisches mischte mit, als die WAZ Bürgerstimmen einfing (25. Juli 1978): „Schon als kleiner Junge habe ich hier für meinen Vater das Bier geholt.“ „Man hätte das Haus vielleicht doch renovieren und erhalten sollen.“ Restaurierung – das sei „sicher eine Frage des Geldes“, schätzte ein Bottroper die damalige Situation ein mit der treffenden Bemerkung: „Aber in Bottrop ist auch schon so viel andres abgerissen worden...“. Die Knippenburg zum Beispiel.

Auf unseren 40 Jahre später rundgeführten Kneipengängen war die alte Brauerei immer ein Thema. „Bedauerlich“, kam von den Stammteilnehmern rüber; wer gar nichts wusste, konnte sich schlau machen: „Menschenskinder, das war'n noch Zeiten. Abends, am Feierabend, sich treffen auf ein Bier. Westfalia-Bier. Es blieb natürlich nie bei einem. Wie's schmeckt? Kann ich nicht beschreiben. Weiß ich nicht… Aber der Kellner, wie hieß er noch? Der hatte alles im Kopp, egal, was, wieviel und ob du überhaupt was getrunken hast. Die Rechnung ging immer auf.“ Das bestätigte uns auch Bettina Jansen, Tochter des 1976 verstorbenen Bernhard Jansen jun., der mehr als 30 Jahre die Bürger mit dem beliebten Gerstensaft versorgte.

Die Bottroper erinnern bekanntlich gerne jene Zeit, als in unserer Stadt wie vielerorts die Kneipenkultur noch boomte und ortsansässige Gaststätten Westfalia-Bier in ihren Ausschank nahmen;

als Stammgäste noch schwörten auf Gemütlichkeit beim Kühlen Blonden in der Gaststätte oder im Gesellschaftszimmer mit seinen gemütlichen Sitzecken; oft auch donnerstags, wenn in der Schauburg Oper und Operette zu Ende waren und das Brauhaus ausgemachter ‚Treffpunkt danach' war. Der Oberkellner Gerhard Gautner (1927-1979) hatte dem Vernehmen nach Opernsänger werden wollen. Den Service schaffte er mit links. Mit Bravour. Ein Rechengenie! Nicht eine Bestellung wurde notiert. Denke nun jeder, was er will. Aber die Bilder von unseren Brauhausbesuchen immer dienstags nach der Chorprobe – am Kirmesdienstag besonders lange – lassen sich nicht ausradieren.

„Olle Kamelle"

Noch eine Geschichte zum durchweg verpachteten Brauerei-Ausschank (Pächter waren u.a. Theodor Beulmann, Robert Zaczek, Clemens Schermuly/Essen), der zu allen Zeiten auf dem neuesten Stand war: Als die Kühltechnik noch nicht erfunden war, sollen die Bauern der Umgebung im Winter das aus Teichen gestochene Natureis angefahren haben. 1892 kam die erste Eismaschine ins Haus, gleichzeitig wurde ein neues Sudhaus gebaut. Ganz modern wurde es, als der Brauerei schließlich ein Elektrizitätswerk angegliedert wurde und dem Brauereibesitzer die alleinige Stromlieferung zur Beleuchtung der Straßen Bottrops und zur Abgabe an Private für Licht- und Kraftzwecke oblag. „Alles olle Kamelle? Nun, liebe Leser! Wenn sich wie bei unseren Touren auch schon mal Fotokisten öffneten, kamen solche Histörchen keinesfalls so ganz dröge über den Tisch."

Zu einer Wirtschaft gehören Gastgeber und Gäste

...unter Letztgenannten Stammgäste und Laufkundschaft. Wer waren sie, die im Brauerei-Ausschank einkehrten und immer gerne wiederkamen? Banker, die heimische Geschäftswelt, hier tagten die Schützen der Alten Allgemeinen, deren Geschicke Bernhard Jansen jun. über viele Jahre als Vorsitzender lenkte. Hier versammelten sich die Karnevalisten, Sportler, die Sänger wie ebenso die Kartenspieler und Knobler. Das Brauhaus war eine Adresse für alle, „für das Bier am Wege – mal eben schnell rein und gucken, wer da ist“, hieß es bei unseren Rundtouren. „Saisonale Feste, die heutigen Kneipen-Events, gab es nicht“, bemerkte Bettina Jansen in einem lockeren Gespräch gegenüber einem heutigen Gastwirt. „An Kirmestagen, zu Karneval, zu Schützenfesten allerdings – das waren fröhliche Volksfeste ohne den oft beklagten Vandalismus – war es rappelvoll und das Brauhaus an den beiden folgenden Tagen geschlossen.“ Die Familie Jansen verstand das Unternehmen als reinen Produktionsbetrieb. Das heißt: „Familienleben, Privates, spielte sich nie in der Wirtschaft ab, die Räume waren ausschließlich den Gästen vorbehalten“, blickt die Mittfünfzigerin zurück. „Ausgenommen größere Familientreffen, meistens sonntags“, erinnert sich die Bottroper Tochter, „dann bot

Bettina Jansen mit ihrem Vater Bernhard (links) und dessen Bruder Carl Jansen (rechts)

sich uns das Gesellschaftszimmer. Vater habe ich eher inmitten illustrer, geselliger Runden gesehen als hinter der Theke."

Theke, Bierkeller etc.: Das war der Bereich der Bediensteten. Bis zu 30 Personen sollen es in Spitzenzeiten gewesen sein, die täglich gute Arbeit leisteten, dass der gelobte Gerstensaft in den Zapfhahn, in die Gläser und schlussendlich durch die Kehlen floss. „Vater liebte dünnes Porzellan, also Westfalia-Pils wurde in der geschliffenen Tulpe, nur zu Schützenausmärschen im grauen Steinkrug, serviert, das mildere Export im Zylinderbecher, zudem waren Malzbier, Citronenlimo, Wasser gefragt. Gläser, Krüge, Bierdeckel zierte das rot-grüne Westfalia-Wappen. Flaschen – dieses Biergeschäft brachte der Brauerei übrigens zunächst beachtliche Umsatzsteigerungen – sowie Bierdeckel u.ä. warben mit dem Firmenschriftzug in und für Bottrop und für gutes Bier über die Stadtgrenzen hinaus. Als sich später finanzstarke Unternehmen auftaten und privaten Brauereien das Leben schwer machten, fusionierte die Westfalia-Brauerei mit der König-Brauerei in Duisburg. Die 1967 geschlossene Partnerschaft verhalf dem Bottroper Produktionsbetrieb allerdings nicht zum Überleben. 1968 wurde der Braubetrieb stillgelegt.

AUS DEM KÜFERHANDWERK

„500 Fässer rollten im Braukeller"

Erst in diesen Tagen sprachen wir – per Telefon – mit einem einst wichtigen Mitarbeiter des Hauses: Vor mehr als 20 Jahren, als über Westfalia-Bier kaum noch ein Wort verloren wurde, hatten wir ihn in seinem Hobbyraum besucht. Jetzt am Telefon erinnerten wir uns beide dieses freundlichen Hausbesuchs, bei dem der langgediente Küfermeister i. R. aus seinem Handwerk und Berufsalltag bei der „Westfalia“ plauderte. Johannes Nienhaus ist von der Pike auf gelernter Küfer. In der Bottroper Brauerei war der „Eigener Jung“ weniger für die Herstellung der Fässer als mehr für die Auskleidung, Montage, Wartung und Reparatur der Anlage hauptverantwortlich. 1957 trat er seinen Dienst bei der Westfalia-Brauerei an, drei Jahre später absolvierte er seine Meisterprüfung.

„Was wissen wir aus diesem traditionellen Handwerk des Böttchers/Küfers? Über Jahrhunderte hinweg dominierte das Holzfass

Fachmänner am Werk: Ein Blick in das Sudhaus

als Behälter für Transport und Lagerung von Getränken. Mit der Industrialisierung entwickelte sich zusätzlich zum bauchigen Gefäß der gradwandige Behälter – der Bottich. Dank der vielseitigen Berufsausbildung in der Holz-, Metall -und Kunststoffverarbeitung sind Küfer und Böttcher befähigt, aus den genannten Werkstoffen Behälter jeder Ausführung und Größe herzustellen, zu warten und zu reparieren. „500 Fässer rollten damals im Brauerei-Keller Westfalia. Fässer von 30 bis 110 Liter Pils, Export und damals schon Dunkelbier. Wenn wir morgens antraten, war wasserfeste Kleidung das oberste Gebot. Mit

Das kühle Blonde wurde mit den Pferden Max und Moritz sowie mit Motoren fortbewegt (1940er Jahre)

langer Lederschürze und Gummischuhen traten wir den Dienst an. Die Stückzahl der zu füllenden Fässer erfuhren wir vom zuständigen Braumeister. Einmal in der Woche standen neben der täglichen Wartung aufwändige Picharbeiten auf dem Plan.“ Und, und, und... Johannes Nienhaus hat eine Menge zu erzählen zum damaligen Alltag und Arbeitsklima in der Westfalia-Brauerei, wobei er sich auch gerne an das vereinbarte Geschäftsgebaren erinnert: „3 bis 4 Liter Bier täglich für jeden Mitarbeiter des Hauses. Das war im Tarif fest vereinbart.“ Für die Stimmung in der Mannschaft war dies sicher kein Nachteil: „Ein tolles Team. Mehr als 20

Leute zählte die engste Belegschaft damals: Brauer, Küfer, Schlosser, helfende Kräfte im Flaschenkeller..." Als die Brauerei ihre Pforten schloss, mussten die Mitarbeiter ihre vagen Pläne zum 100-jährigen Bestehen des angesehenen Produktionsbetriebes an den Nagel hängen. „Schade, das wäre 1974 gewesen." Etliche kamen dem Vernehmen nach in anderen Gegenden in ihrem erlernten Beruf unter, andere sattelten um, weil sich dem Küfer mit fortschreitender Technisierung keine großen (Aufstiegs-) Chancen boten. Wer sich heute auf den Weg in Richtung Berliner Platz/Brauerstraße begibt, findet am Standort der ehemaligen Bierproduktionsstätte kaum noch Erinnerung vor. Nur das Schild „Brauerstraße" und der Name der an ihr gelegenen Apotheke rufen den Markennamen auf. Eventuell haben Sie ja noch die Nase in den Herstellungsbetrieb hereinhalten können. Dann könnten Sie uns ja vielleicht auch die Rezeptur des legendären Westfalia-Pils verraten. Bis zur Drucklegung dieser „Kneipenszene(n)" trat trotz Recherchen, die zuletzt noch Bettina Jansen veranlasste, nichts zutage als der Name des damaligen Braumeisters: Fritz Grimm, Spezialist des Westfalia-Pils. „Schade...", ein bisschen Nostalgie auf den Lippen – Prost! – macht gesprächig?

KLEINE BIERKUNDE

Am Anfang einer kleinen Bierkunde macht sich der Brauerspruch, der übrigens erst seit dem 15. Jahrhundert seine Gültigkeit hat, recht gut. Wenn Sie Lust haben auf einen Streifzug durch die Biergeschichte(n), dann sollen Sie dazu auch das Glas erheben dürfen. Darum zunächst einmal „Prost“! Wenn Sie über den Werdegang des Bieres alles schon wissen oder in diesem Moment weder Zeit noch Lust für diese „Geschichtsstunde“ haben, dann konzentrieren Sie sich auf das Wesentliche, doch denken Sie daran: Ohne die Braukunst unserer Ur-Väter, unserer Ur-Ahnen, ohne ihre ausgetüftelten und erprobten Rezepturen, stünde jetzt vielleicht ein Glas Wasser vor Ihnen.

Sie trinken nur gelegentlich ein Bier? All jenen sei jetzt ein „Seiten-Sprung“ gestattet. Sie haben mit dem Gerstensaft gar nichts am Hut? Ich bin nach wie vor der Meinung, das auch bei (I)ihnen „Hopfen und Malz“ längst noch nicht verloren ist.

Bier war zu allen Zeiten ein Thema. Die vorgelegten „Kneipenszene(n)“ wollen nichts anderes als nur ein bisschen erzählen. Das heißt, wir wollen miteinander ins Gespräch kommen, uns unterhalten. Übrigens: Bier ist als medizinisches Heilmittel nicht anerkannt, doch die einfache Volksmedizin kennt es als „Helfer bei vielen Beschwerden“. Denn Bier – reich an Vitaminen und Spurenelementen – soll bei maßvollem Genuss gesund sein und obendrein schön machen.

Und weiterhin: Bier – Bierbrauen, eine der großen kulturhistorischen Errungenschaften der Menschheit, hat auch eine wechselvolle Bedeutung in der Kunst, das heißt in der künstlerischen und beruflichen Beschäftigung; auch davon ist später die Rede. Es ist also ein Getränk voller Charakter – nicht nur beim Trinken selbst.

Alles Schnee von gestern?

Ganz gleich also, wie Sie es bei der Lektüre bzw. mit dem Genuss des Getränks nehmen: Nachfolgende Zeilen bescheinigen dem Bier eine wertvolle kulturhistorische Bedeutung – im positiven wie im negativen Sinne. Ja, das waren noch Zeiten, als es noch keine Kühlmaschinen gab und die Brauer nach der Jahreszeit brauten, also nur brauen konnten, solange die Außentemperatur noch kalt genug war. Alles Schnee von gestern? Die Zukunft hat bekanntlich Vergangenheit…

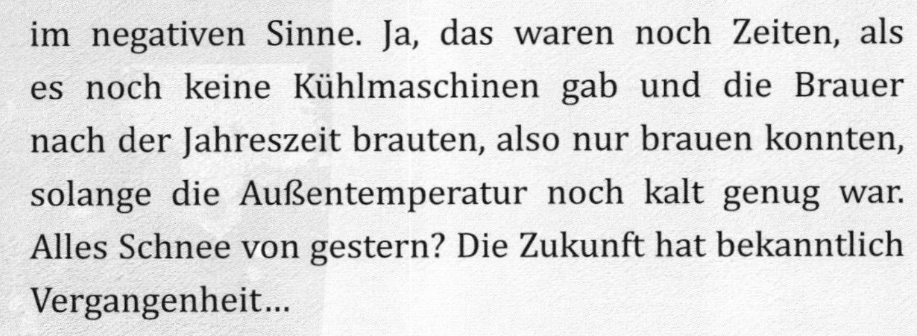

Sikaru – Codex Hammurapi

Erste Schriftzeugnisse, die Zeichen für Gerste, Malz und Bier abbilden, finden sich bei den Sumerern in Mesopotamien (heute Irak) rund 3200 v. Chr. (Meußdoerffer/Zarnkow 2016: „Das Bier", S. 26). Die Gerste galt dort als Zahlungsmittel und als kulturelles Symbol, das unter anderem seinen Eingang in das Gilgamesch-Epos fand. Brot und Bier – beide damals aus Gerste hergestellt – waren demnach „wichtige Merkmale menschlicher Kultur" (ebd., S. 27). Bevor die traditionelle Brauweise erfunden wurde, ließen die Sumerer Brotfladen in Wasser gären. Dieses Gebräu wurde „Sikaru" genannt – die Bezeichnung „flüssiges Brot" war für Bier demnach nie treffender als in der Zeit seiner Entstehung. „Sikaru" gilt als der frühe Vorläufer unseres heutigen Bieres.

Auf die Sumerer folgten im 2. Jahrtausend v. Chr. die Babylonier.

Dieses Volk brachte es zu höchster kultureller Blüte und hinterließ ein beträchtliches Erbe auf den Gebieten von Handwerkskunst, Technik und Wissenschaft. Im Laufe der Jahrhunderte entstanden zahlreiche verschiedene Biersorten, die oft auf Gerste oder Emmer, einer alten Weizenart, basierten. Der Hopfen hatte damals noch nicht seinen Weg in das alkoholische Getränk gefunden, dafür aber Gewürze und andere Zutaten. Die Herstellungsmethoden wurden unter Verwendung von Datteln und Honig, Zucker und mehr Alkohol stetig verbessert.

Eine Art Vorläufer des Reinheitsgebots entstand unter Hammurapi I., einem König der ersten babylonischen Dynastie: Sein „Codex Hammurapi" (ca. 1700 v. Chr.) gilt als der älteste menschliche Gesetzestext und wurde in eine Säule aus Diorit-Stein gemeißelt, die heute im Pariser Louvre ausgestellt ist. Der Text enthält auch Vorschriften zu Herstellung und Ausschank von Bier. So wurden Höchstpreise für die jeweiligen Sorten festgelegt. Die Todesstrafe stand unter anderem auf den Ausschank und die Produktion minderwertigen und gepanschten Bieres, weiterhin durften Wirtinnen in ihren Gaststätten keine politischen oder staatsgefährdenden Gespräche dulden.

Nun, wenn Sie mal ein Glas zu viel getrunken haben, dann ist das nichts Außergewöhnliches. Schicker dürften sie – hin und wieder zumindest – auch vor zig Tausend Jahren schon gewesen sein. Natürlich nicht von Stauder, Bitburger, Köpi und Westfalia, deren Geburtsstunden bekanntlich hunderte Jahre später schlugen.

Drei Liter pro Person

Eine ganz eigene Biertradition entstand parallel im antiken Ägypten. Frühe Hieroglyphen um 3200 v. Chr. zeigen Zeichenfolgen für Bier sowie Darstellungen von Brauern (vgl. ebd., S. 33). Die Herstellungsprozesse wurden im Laufe der Jahrtausende stetig verändert, vorrangig handelte es sich wohl um sogenannte Kaltmaischverfahren, bei denen die Gärung der Zutaten mit relativ niedrigen Temperaturen gelang. In der Zeit der Ptolemäer (321-31 v. Chr.) setzte eine weitere Professionalisierung von Bierproduktion und -konsum ein. Außerdem wurden Biersteuern eingeführt – angeblich, um der Trinksucht des Volkes Einhalt zu gebieten. In Wirklichkeit brauchte man Geld für den Pyramidenbau. Aus dem ersten Jahrhundert nach Christus stammen kleine Tontafeln, die als Freibiermarken interpretiert werden können. Diesen Tafeln zufolge wurden bei örtlichen Vereinsversammlungen circa drei Liter Biergenuss veranschlagt – pro Person (vgl. ebd., S. 45).

Das Brauen war Frauensache

Griechen und Römern frönten eher dem Wein, während Bier dort lange Zeit als Getränk der Armen und Kulturlosen galt. Bei Germanen und Kelten wurde der Gerstensaft allerdings weiter kultiviert. Gaius Julius Caesar (100-44 v. Chr.) schrieb im „Gallischen Krieg“ von der Lebensmittelproduktion der Germanen: „Ackerbau betrieben sie nicht, und der größere Teil ihrer Nahrung besteht aus Milch, Käse und Fleisch.“ Damals galt der Met – ein Honigwein – als beliebtes alkoholisches Getränk. Caesar selbst hatte allerdings eine hohe Meinung vom Bier. Er verordnete es seinen Truppen als Proviant.

In der Regentschaft von Cornelius Tacitus hatte sich diese Situation offenbar geändert. Er schrieb: „Als Getränk dient ihnen eine Flüssigkeit, die aus Gerste oder Weizen ganz ähnlich dem

Wein zusammengebraut ist." Wie beim Met bildete der Honig eine wichtige Grundzutat, mögliche weitere Ingredienzien waren wilde Beeren und Kräuter. Bei den Germanen war Bierbrauen Alltag – und gehörte zur Hausarbeit von Frauen (vgl. ebd., S. 44f). Die Historie der weiblichen Braumeister reicht also lang zurück, im Mittelalter galt der Braukessel gar als Mitgift.

Mit der Ausbreitung des Christentums fand auch das Bier seinen Weg in die Welt. In den vielerorts gegründeten Klöstern wurden Brauereien errichtet; für Mönche war das Bier ein Grundnahrungsmittel. Es war auch deshalb so beliebt, weil sein Genuss in der Fastenperiode erlaubt war: gemäß dem Sinnspruch „Liquida non frangunt ieunum" – Flüssiges bricht das Fasten nicht. Um diese Hungerzeiten zu überwinden, wurde auf dem Konzil zu Aachen (817 n. Chr.) exakt geregelt, wie viel Bier den Klosterinsassen zusteht: für den Chorherren fünf Pfund, für die Nonne drei Pfund pro Tag.

Bier und seine Würze – ein Reizthema (?)

Um die Jahrtausendwende hatte sich das Braugewerbe weitgehend institutionalisiert. Nicht mehr nur in Klöstern wurde eingebraut, sondern auch in Dörfern und Gemeinden, privat und beruflich. Eine Einschränkung gab es nicht – jeder konnte so viel Bier herstellen, wie er wollte. Das Braugewerbe erlebte eine Blütezeit, die nicht nur die Bedeutung des Getränks veränderte (so predigte Hildegard von Bingen seine heilsame Kraft), sondern auch seine Vielfalt. Zahlreiche Biersorten entstanden in dieser Zeit.

Bis gegen Ende des 15. Jahrhunderts dürfte das sogenannte Grut(Gruit-)Bier hergestellt worden sein; es musste später dem „Hoppe-(Hopfen-)Bier" weichen. Gemäß dem Autor Rolf Gosdek (1998: „Bottroper Bier", S. 7) unterschied sich die Zusammensetzung der Grut je nach Ort. Als Hauptzutat galten die Blätter des Gagel, der in Torfmooren und Torfheiden wächst.

Das Hopfenzupfen wurde früher von Frauen erledigt

Bis sich der Hopfen im Bier durchsetzte, sollte es also eine lange Zeit dauern. Dennoch belegen Quellen, dass Hopfenbiere bereits im 8. Jahrhundert bei Slawen und Nordmännern existiert haben (vgl. Meußdoerffer/ Zarnkow 2016: „Das Bier", S. 53f). Gegenüber der Grut war Hopfen preiswerter anzubauen, das Bier hielt außerdem länger. So wurde die Pflanze allmählich zur Grundzutat, die bis heute Bestand hat: Moderne Brauer experimentieren mit verschiedenen Hopfenarten, um dem Getränk einen unverwechselbaren Charakter zu geben. Die beliebteste Sorte ist in Deutschland die „Herkules". In den „Craft-Bieren", die sich zunehmender Beliebtheit erfreuen, finden sich aber auch Nnamen wie „Citra" oder „Nugget". Diese Sorten gewähren den Trend-Getränken einen einzigartigen Geschmack.

„Hopfen und Malz verloren!"

In früheren Zeiten kauften die Leute nicht einfach ihr Bier an der Bude oder im Getränkemarkt, sondern die Hausfrauen brauten zu Hause. Ging beim Brauvorgang etwas schief, dann waren die Zutaten dahin: Hopfen und Malz verloren – wortwörtlich. Aus den verhunzten Ingredienzien ließ sich bei allem Bemühen kein gutes Bier mehr brauen. Dieser Sinnspruch zeigt, wie das Getränk auch in unsere Sprache und Alltagskultur einging.

Es freut uns, dass Sie, lieber Leser, Ihre freie Zeit darauf verwenden, sich über herübergerettete (Bottroper) Historie rund ums Bier-Brauen-Kneipenthema zu informieren. Vielleicht weckt es in Ihnen manch eigenes „Histörchen“ zu diesem Kapitel, gegebenenfalls sogar verbunden mit einem der überlieferten uralten Sprüche zum Gerstensaft. Die übrigens sollten wir nicht allesamt immer gleich so „bierernst“ nehmen.

#12

BERÜHMTE BIERZITATE

„In jedem Glas Bier liegt die Erfahrung unzähliger Generationen.“
Erich Kästner

„Wer kein Bier hat, hat nichts zu trinken.“
Martin Luther

„Denn eine Kanne Bier – das ist ein Königstrank.“
Shakespeare

„Cervisiam bibat“ (dt. „Man trinke Bier“)
Hildegard von Bingen

„Bestaubt sind unsre Bücher, der Bierkrug macht uns klüger. Das Bier schafft uns Genuss, die Bücher nur Verdruss.“
Johann Wolfgang von Goethe

„Gerste und Hopfen gibt guten Tropfen.“
Trinkspruch

"Hol mir mal ne Flasche Bier!“
Gerhard Schröder

Wir sind im Stadtcafé, eine der wenigen Bottroper Schankwirtschaften, die das Auf und Ab der heimischen Kneipenszene überlebt haben. In der heutigen "Gastronomiemeile Gladbecker Straße" ist es eine feste Adresse. (Stamm-)Gäste schwören auf gutes Bier und Gemütlichkeit bei Köbes "Schorsch".

227 - (Kein) Anschluss unter dieser Nummer (mehr)

Wer sich für „Histörchen" von Bottroper Traditionsgaststätten interessiert, ist sofort konfrontiert mit der Vergangenheit und Gegenwart. Zuallererst das Gewesene, hier aus Erzählungen, nach Aktenlage, komplettiert um Fundstücke aus „Opas besagtem Schuhkarton". Das Stadtcafé hat, wie viele andere traditionelle Bottroper Gaststätten, seine Anfänge als Bäckerei. Zeitreise:

Gute 100 Jahre hat das (Gast)Haus an der Ecke Gerichtsstraße/Gladbecker Straße auf dem Buckel. Zu jener Zeit, als diese Postkarte im Verlag Fr. Kuhnen, Photogr., Bottrop, herausgegeben wurde, verfügte es schon über einen Telefonanschluss. Nur so viel zum heißen Draht im damaligen Dorf: Nach Aufzeichnungen kundiger Geschichtsschreiber soll sich 1901, als wohl auch in Bottrop das „selbständige Fernsprechamt" in Betrieb ging, die Dorfverwaltung im Amt die Tel.-Nr. 1 gesichert haben.

Das Adressbuch unserer Gemeinde aus dem Jahrgang 1911 (siehe S. 12) führt in der Abteilung VI, Verzeichnis der Gewerbetreibenden unter der Rubrik „Bäcker" fett gedruckt *JACKELEN JAKOB, Konditorei u. Bäckerei, Gladbeckerstraße 25* auf. Unter Brauereien finden wir in gleicher Aufmachung u.a. *JANSEN BERNHARD, Westfalia-Bauerei und Elektrizitäts-Zentrale, Tel. 21, Altmarkt 7*, unter Hotels, Gast-/Schankwirtschaften *BEULMANN THEODOR, Restaurant Gambrinus, Hochstr. 41, Fernspr. 336*. Einen Telefonanschluss hatte unsere „Wiener und Pariser Feinbäckerei Jakob Jackelen" also offenbar nicht oder nicht abdrucken lassen. Wie dem auch sei: Spätestens ab 1911 muss Jackelen eine bekannte Adresse für die Dorfbevölkerung gewesen sein.

Eine Postkarte wirbt mit *Telephon 227* für das *Stadt-Café in Bottrop i. W.*! Wie dieses zu seinem Namen kam, erzählte uns 1994 sein langjähriger Pächter und Gastronom Hansi Vieth im Beisein des damals 81-jährigen Hans Jackelen, Sohn des 1957 verstorbenen Firmengründers. Die Geschichte beginnt um 1901; jene Zeit, „als Vater Jakob das Bäckerhandwerk lernte (Lehrbetrieb Köln-Deutz), sich auf Wanderschaft begab, Brötchen in vieler Herren Länder backte und schließlich 1910 in Frankreich die Idee für ein eigenes Café hatte." Jakob Jackelen aus Insul in der Eifel war damals 28 Jahre alt. Auf seiner langen Wanderschaft durch europäische Länder sammelte er viele Erfahrungen. In jenem Jahr in der französischen Metropole angelangt, fasste er schließlich den Entschluss, sesshaft zu werden. Gute Kontakte zum damaligen Gesellenverein, die „Dependance" der Kolpingfamilie in Paris, halfen ihm auf die Sprünge. Die Menschen empfahlen das Ruhrgebiet, wo der Bergbau Fuß gefasst hatte und die Bevölkerung explosionsartig zunahm, als Standort für einen Betrieb in Eigenregie. Dort hast du gute Aussichten, kannst du noch gut verdienen, hatte es damals geheißen. So kam Jakob Jackelen nach Bottrop. Im Mai 1911 gründete der Feinbäcker (Weißbäcker) und Konditormeister seine Konditorei an der Gerichtsstraße. Noch immer schwärmte er vom kleinen Café. Justizrat Schulz, der damals noch Grundstücksinhaber war, riet ihm, das alte Haus abzureißen und dort ein neues nach eigenen Vorstellungen zu errichten. Doch der Traum vom eigenen „Wiener Cafésalon a la Boulangerie & Patisserie Richelieu", wie Jakob Jackelen ihn bei Strohm in Paris vor Augen hatte, ging nicht in Erfüllung. „Mein Vater kaufte das Haus, ließ es abreißen, und schon bald entstand an der Gerichtsstraße ein kleiner Neubautrakt mit Bäckerei. Im August 1914 sollte am Haupttrakt mit Geschäft und Café das Richtfest gefeiert werden. Doch Köbes, wie ihn die Bottroper später nannten, musste in den Krieg. So ließ auch die Café-Eröffnung auf sich warten, weil es dafür im Ersten Weltkrieg keine Konzession gab."

Die Bottroper waren damals keine Caféhaus-Besucher

Erst am 23. Juli 1919 konnte der viergeschossige Neubau fertiggestellt werden. Köbes bekam die halbe Konzession für den Ausschank von Likör, Wein und Kaffee. Ein Maler war gerade dabei, die untere Hälfte der damals noch großen Fensterscheiben schwarz anzustreichen, als im Dorf die Kunde von Mund zu Mund ging, Bottrop sei Stadt geworden. „Dann kann ich ja auch gleich 'STADT-CAFE' ans Haus schreiben', hatte der pfiffige Maler gemeint. Schnell brachte er den Namenszug in großen goldenen Buchstaben über den Hauseingang. Noch am gleichen Tage", erzählte uns Hans Jackelen, „wurde der Name beim Ordnungsamt angemeldet." Von einem Treffpunkt im Stil eines Wiener Café-Salons, wie Köbes sich das vorstellte, war allerdings längst keine Spur mehr.

Die Menschen im Ruhrgebiet, in Bottrop, waren

bestimmt keine Caféhaus-Besucher. Sie gingen lieber in eine Kneipe, tranken Bier oder Likör. Erst 1928 erhielt Jakob Jackelen eine Konzession für den Bierausschank. Café und Gaststätte wurden umgebaut, das Lokal erweitert. Das Stadtcafé blieb Treffpunkt für Handwerker, Gewerbetreibende und Bedienstete der Stadt wegen seiner günstigen Lage Nähe Rathaus, Gericht und Polizei. 1939 übernahm Hans Jackelen die Konditorei des Vaters. Der Firmengründer betrieb bis kurz vor seinem Tode 1957 die Gastwirtschaft. Sie hatte danach als Pächter Willi Reintjes (Bäcker), Günter Blady (Kapellmeister) und seit 1968 Hans Vieth jun., den Konditor in Diensten von Hans Jackelen.

Im Gespräch: Hans Jackelen (Sohn des Firmengründers, links) und Gastwirt Hansi Vieth, der 36 Jahre hinter dem Tresen stand. Das Foto entstand bei unserer Stippvisite im Jubiläumsjahr 1994, als die Stadt Bottrop und das Stadtcafé ihren 75. Geburtstag feierten.

Eis für 10 Pfennige

1969, zum fünfzigsten Geburtstag, wurde das Geschäftslokal umgebaut, größer und übersichtlicher, die Lagerung von Süßwaren, Schokolade und Teegebäck ward raffiniert gestaltet. Gemütliche Sitzecken und Tresen versprachen besagtes Nahbeieinandersein in diesem Wirtshaus, das lange Stammlokal zum Beispiel des VfB Alte Herren, des Skatclubs, der Boxfreunde war. Die Bäckerei gehörte schon damals lange der Vergangenheit an und damit auch die Zeit, als Hans Jackelen das Eis für 10 Pfennige über die Theke verkaufte. Letzte Erinnerung an die Caféhaus-Jahre dürfte das Bild im hinteren Gästeraum sein: Fritz Busch, der Bottroper Chronist mit Zeichenfeder, hat hier die Vorstellung von Köbes' Wiener Cafésalon in einem unübersehbar beeindruckenden Ölgemälde festgehalten.

Wir treffen uns bei „Schorsch"

Wer sich, um beim Standort Gladbecker Straße 25 – Stadt-Café zu bleiben, auf ein Bier verabredet, sagt heute: Wir treffen uns bei „Schorsch". Seit 2011 steht Georg Louven-Schumacher hier hinter der Theke. Dreißigjähriges Wirken und freundlich-fleißiges Mitwirbeln in der Bottroper Gastronomie spielten ihm den Namen „Schorsch" ein. Wenn man so will, ist es eine „Liebeserklärung" an den „erfahrenen alten Hasen", der nach eigenen Aussagen „nicht ohne die Leute in seiner Stadt, ohne die Bottroper und nicht ohne seinen Beruf sein kann: Ich bin Wirt durch und durch."

Stammgäste schwören auf gemütliche Atmosphäre, freundlichen Service und den guten Gerstensaft des Pächters. So manches Fässchen neuer (Bier-)Sorte wurde angeschlagen in diesem circa 90qm umfassenden „Kleinod", wo sich im Grunde genommen außer den üblichen Renovierungen seit Hansi-Vieth-Zeiten nicht viel verändert hat. „Nur die Zeit, die Gesellschaft und natürlich die Bierpreise sind andere geworden", scherzt der erfahrene Kneipenwirt. „Das Rauchverbot ist längst angenommen, wer auf den ‚Zug' zwischen Knobelbecher und stressfreiem Smalltalk an Tresen und Tisch nicht verzichten kann, geht vor die Türe. Das ist nun mal Gesetz. Für alle." Und alle, das sind Leute wie eh und je – vom Studenten bis zum Freizeitler, Sänger, Sportler, vom Studierten bis zum Angestellten, vom Rentner bis zum ältesten „Kann-doch-noch-Stammgast", der aufs „Klönen" nicht verzichten will, beschreibt der „Kultwirt" des Traditionshauses das Gästeklientel. Auch manch Neuer hat bei Schorsch längst seinen Treffpunkt gefunden. Als Kompanielokal der Schützen ist diese Ruhrpott-Kneipe übrigens seit ewigen Zeiten ein Stückchen Heimat der „Alten Allgemeinen – von 1876 Bottrop e.V.". Die „Schwarzröcke" ihrer 2. Kompanie unterhalten die Gäste manches Mal mit ihrem „Schwalben-Gesang". Und wenn zu Hochzeiten beim Schützenfeste ein Fässchen mehr gebraucht wird, ist der „heiße Draht" ganz nahe: 02041 - ... „Köbes, schlag mal ein neues [Fass] an."

Perfekt gezapftes Bier bei Köbes Schorsch

PASSMANNS

KULTURKNEIPE UND KNEIPENRESTAURANT

„Ein Kommunikationszentrum, für jeden, der Lust auf Unterhaltung und Beieinandersein hat. Ein Glücksfall für Bottrop – für die gesamte Kneipenszene der Stadt." Darin waren sich die Teilnehmer des mehrstündigen Traditionsgaststätten-Rundgangs einig, nachdem sie an jenem sonnigen Freitag – der Wirt in ihrer Mitte – Auge und Ohr reichlich reingehalten und dabei das Flair des Kleinods an der Kirchhellener/Ecke Steinmetzstraße hatten schnuppern können. Das war „Erlauschtes ausgeplaudert" in illustrem Kreise. Das war Spurensuche pur; eine Geschichtsstunde, die die Männer und Frauen mit „Kneipier" Reimbern von Wedel-Parlow „mehr launig als wissenschaftlich-dröge angingen", hieß es in der journalistischen Nachlese (Aschendorf, WAZ Bottrop, 31. März 2014). Die Geschichten, die sie sich hier erzählten – das kühle frischgezapfte Getränk vor sich –, das war(en) Bottrop-Geschichte(n).

Geschichten von hier

Der Blick zurück soll sein: Eine schriftliche Erwähnung des Schankorts findet sich in einer Aufstellung des Jahres 1893, wie der Autor Wilfried Krix belegt (vgl. „Alt-Bottroper Kneipenlandschaft", S. 151f). Dort wird die Witwe von Franz Lohbeck als Wirtin des Betriebs angegeben. Ihr Sohn Wilhelm stellte sechs Jahre später ein Baugesuch für das heutige Gasthaus, das vor dem Ersten Weltkrieg die holländische Kolonie in Bottrop beheimatete. Nach dem Konkurs 1910 erwarb Wilhelm Paßmann die Gaststätte. Sie trägt bis heute in abgewandelter Form seinen Namen: Passmanns. Das Kulturprogramm im kleinen Saal, für welches man bereits in diesen frühen Zeiten bekannt war (vgl. ebd.), wurde bis heute beibehalten.

Der heutige Inhaber Reimbern von Wedel-Parlow erzählt: „Kleinkunst gab es dieser Aktenlage nach immer schon in diesem Hause. Wechselnde Pächter haben den Betrieb über Jahrzehnte als reine Schankwirtschaft betrieben, also Pils, Korn etc. Stammgäste, das waren nach Hörensagen meistens die Älteren. Alle 14 Tage kam wohl der VfB, kleine private Feiern gab es, Küche nur zu besonderen Anlässen. Einkehren konnten die Leute, Männer, Frauen natürlich auch, ich glaube nachmittags ab vier; um neun Uhr abends – vorstellbar auch mal drüber hinaus – wurde wieder geschlossen.“ Dass auch die Würfel aus dem Knobelbecher rollten, lässt sich eben so wenig von der Hand weisen wie das Übliche der „guten alten Zeit“, als landauf, landab mit Bier, Flipper und Jukebox in der Kneipe noch was „loszumachen“ war. Sparclub, Schwoofen im Tabaknebel – alles vorbei. Das ist lange her...

Inhaber Reimbern von Wedel-Parlow

Erinnerungen sind ein Schatz

...den man oft so tief vergräbt, dass man ihn selbst nicht wiederfindet. Besonderen Wert haben sie nur für den, der sie „verwahrt“ und bestenfalls aufleben lässt, dass auch andere noch etwas davon haben. Unser Gastgeber, Wirt Reimbern von Wedel-Parlow: Er ist gebürtiger Bottroper, war berufsbedingt

(Ingenieur, Nachrichten-/Kommunikationstechnik) 30 Jahre ortsabwesend (Rhein-Main-Gebiet, auch München), der Draht in die Heimat ist geblieben. Immer im Blick: die hautnah miterlebte, gelebte Kneipenszene, die damals von außen auch kritisch beäugte junge Szene und die Künstler, die eben diese ausmachten. „Der Kontakt brach nie ab. Kunst – Kultur – Treffen… auf kleinstem Raum, Durchmachen, Austauschen, Improvisieren, Diskutieren, wie gesagt: ‚em pom pie'-Zeiten zum Beispiel, dieses ganze Drum und Dran, das kannst du nicht einfach wegwischen", sagte er mir, zapfte ein Bier. In Nullkommanix mischte sich auch in meinem Kopf ein Szenario aus Jazz, Blues, Rock, Ausstellungen, immer volle Bude, prima Leute, Maler, Bauchtanz, Pantomime in der Pompe.

Kommunikationszentrum „Passmanns" zieht Kreise – ein gutes Stück Bottrop

Eben ein solcher Kommunikationstreffpunkt schwebte Reimbern von Wedel-Parlow für seine Zeit nach Ausscheiden aus dem Beruf vor, unter der Prämisse: Ruhestand – von wegen arbeitslos. „Ich mache dann nur noch das, wozu ich am meisten Lust habe: eine Kneipe in Eigenregie, mit Freunden und Gleichgesinnten; eine urige, atmosphärische Kneipe, die Kommunikation und gute Unterhaltung fördert über Programme und Angebote. Dazu kleine Speisen, je nach Saison und was sich eben bietet." So die Planung ab September 2003. Dann die Rückkehr nach Bottrop: Ideen, Visionen, Realität. Kooperation und Kontaktpflege lautete jetzt das Credo für den umsichtigen Alt-Bottroper Kneipenfreund. Bis Juni 2004 wurde der

Das Passmanns-Team 2016

Paßmann'sche Betrieb vom Vorpächter weitergeführt. Drei Monate Umbau – danach konnte es losgehen, Startschuss September 2004. Tempus fugit, hieß es zehn Jahre später, die Zeit flieht. Es wurde aufgebaut und ausgebaut.

Das Konzept kam an. Die Bottroper spielten von Anfang an mit. Programme und Angebote – auch Spezielles – vom Frühstück bis zum Kneipensingen, von der Party bis zur Kneipennacht mit Livemusik an allen Ecken der Innenstadt – all das hat schnell Kreise gezogen. Ein Glücksfall für Bottrop, für die Bottroper Kneipenszene. Und schließlich auch für Reimbern von Wedel-Parlow, den Moderator und Motivator, den Fulltime-Jobber und urgemütlichen Wirt am Zapfhahn, in dessen Gasthaus die Vis-a-Vis-Kommunikation und Hopfen und Malz (hoffentlich) noch lange nicht verloren sind. Die Kneipe an der „Kirchhellener" in nördlicher Innenstadt ist ein Herzstück Bottrops. Glückwunsch – Glückauf – Prost!

Hürter

Restaurant | Kneipe | Musik

Bitte ein Stauder. Und eins auf Halde, wie Helmut Rahn zu sagen pflegte. Unser Weltmeister wusste, was Hürter-Gäste vorleben: Für ein kühles Stauder, in handlichen 0,2l-Gläsern und in der richtigen Kälte gezapft, braucht man nur zwei, drei Schluck. Und da das erste Pils schnell Appetit auf mehr macht, bestellt man eben eins auf Halde. Ja, und dann…

…kann es schon mal richtig gemütlich werden an der Theke oder am Stammtisch direkt vor dem großen Fernseher, und irgendwann sind sich alle einig, was Hürter so einzigartig, so unverwechselbar macht. Natürlich die Kneipe selbst, ein sympathisches, nostalgisches und unverzichtbares Herzstück des Ruhrgebiets. Davon gibt es nicht mehr allzu viele. Mit dem Hintereingang vom Hof aus für Stammkunden; und das sind ja eigentlich alle. Von der Gladbecker Straße aus durch die zwei Schwingtüren, links und rechts davon stehen die beiden runden Katzentische, die aber keine Katzentische sind. Hürter, das sind die Stühle, Tische, Barhocker und der Tresen aus Holz, das sind die uralten Bilder an der Wand, der gemütliche überschaubare Saal mit dem kleinen Biergarten dahinter, der besonders bei Rauchern beliebt ist. Das sind die Plakate, die auf Veranstaltungen hinweisen. Die schwarze Schiefertafel wirbt für die leckeren Frikadellen zu 1,50 Euro, die die gute Seele der Mini-Küche, Linde, noch mit der

Hand formt. Einfach nur lecker, so wie ihre Currywurst mit Pommes, ihr Zigeunerschnitzel, die Suppen, die Mettbrötchen. Ach, ist das gemütlich, bitte noch ´ne Runde.

„Blau und Weiß, wie lieb' ich dich"

Wir sind beim Personal, wobei der Begriff völlig falsch ist; er hört sich so geschäftsmäßig, so unterkühlt, so distanziert an. Chefin Ramona, der ihr stets zur Seite stehende Bruder Armin und ihr Team sind genau das Gegenteil. Sie helfen ihren betagten Gästen schon mal in die Jacke, verstauen die Lebensmittel der Marktkunden am Samstagmittag im Hürter-Kühlschrank und hören am Tresen zu, wenn einer zum Zuhören gebraucht wird. Samstags, meistens ab 15.25 Uhr, bleibt dafür keine Zeit. Dann dröhnt „Blau und Weiß, wie lieb' ich dich" durch die Boxen, alle singen mit und starren dabei gebannt auf den Fernseher und die XXL-Leinwand, um Schalke siegen, häufig auch verlieren zu sehen.

Große Namen in guter Gesellschaft

Es sind die Menschen, die Hürter ausmachen. Und die Gespräche, die Vertrautheit, die Herzlichkeit, die kleinen, ganz persönlichen Anekdoten. Hellmuth Karasek, der zweitbekannteste deutsche Literaturkritiker, saß einen langen Abend lang am linken Katzentisch, nach einer Lesung in der Stadtbücherei. Stauder und auch der Galenus schmeckten ihm so sehr, dass Ossi, Ramonas Vorgänger, ihm eine Flasche mit dem Magenbitter schenkte. Mitten im Gespräch über seine Lesung, über gute Bücher und das Literarische Quartett, über Gott und die Welt stand plötzlich ein Gast vor seinem Tisch, der Name ist bekannt, aber er wird verschwiegen, und stellte sich vor: „Gestatten, Herr Karasek, ich bin der König von Bottrop." Auf Nachfrage wurde der Gast präziser: Er war der König eines Bürgerschützenvereins; eine Pointe, die dem lebensfrohen Hellmuth Karasek sichtlich gefiel.

Es waren einige Promis hier, wobei zu betonen ist, dass sie nicht unbedingt das Flair bei Fleer, mit Vornamen Ramona und Armin, ausmachen. Rudi Assauer war wohl einer der wenigen, die aus PR-Gründen kein Stauder trinken wollten und durften. Bei „Hermanns Heimspiel bei Hürter" stand etwas verloren eine Veltins-Flasche auf dem Tisch. Kurios verlief auch die Versteigerung dreier Zigarren der Marke Grand Cru No. 3, die Davidoff nur für den ehemaligen Macho und Manager der Schalker herstellen lässt. Für 180 Euro ersteigerte eine Frau die exklusiven Stücke. Von Fußball hatte sie nach eigenen Angaben keine Ahnung.

Auktionator war, wie stets bei „Hermanns Heimspiel", Reporter-Urgestein Werner Hansch, der aus einem Anfängerfehler schnell lernte: Nachdem er bei den ersten Talkshows gerne noch eine zweite oder dritte Frikadelle gegessen hätte, aber mit seinem Wunsch zu spät kam, ließ er in Folge vorab die Leckerbissen von Köchin Linde bunkern. So gestärkt, entführte er mit improvisierten Live-Reportagen die königsblauen Fans in bessere, in Gänsehaut-Zeiten. Calli Calmund, der Pfundskerl, war auch bei Hürter, wobei der Moderator um die Stabilität der Bühne und Ramona um die Gesundheit des netten einstigen Managers von Bayer Leverkusen fürchtete. Calli kam, wie alle anderen Promis auch, ohne einen Cent zu verlangen. Mehr noch: Als einem mitsteigernden Gast das Geld ausging, steckte das Nonstop-Sprachwunder ihm heimlich einen Hunderter zu.

Es könnte noch viel geschrieben werden über Promis bei Hürter: Peter Maffay, der seinen Hit von den sieben Brücken hier auf der Bühne sang; die Gäste ließen Wunderkerzen brennen, einige waren heilfroh, dass es ansonsten im Saal und vorne dunkel war. So konnte keiner die Tränen der Rührung sehen. Willi Lippens, der holländische Bottroper, dribbelte mit sei-

nen Geschichten und seiner Geschichte zu den Lachfalten der Fußballer, und Trainer Rudi Gutendorf, der Weltenbummler, hatte so unheimlich viel zu erzählen; da reichte der Sonntagsfrühschoppen bei weitem nicht aus.

Einen Absacker noch. Prost: Auf Hürter, auf eine richtige Kneipe. Mitten in Bottrop, mitten im Ruhrgebiet. Mitten im Herzen.

» Eins weiß ich: Als Chefin bin ich mit meiner Gastronomie verheiratet.

Aus dem Gespräch mit Ramona Fleer, die schon mehr als 30 Jahre Gastronomieerfahrung hat. Sie wohnt übrigens in Marl, ist gelernte Hotelfachfrau. Nach über zehn Jahren als Chefin des „Old Daddy Duisburg" (Kult-Disco), u.a. mit der Auszeichnung der WAZ-Leser für ihr „Bestes Lebenswerk", kam Ramona 2002 nach Bottrop. Auf die Frage, seit wann sie als Chefin „wirtet", gerät Ramona ins Plaudern:

„Weiß ich nicht genau – 2010,2011? Eins weiß ich: Ich bin mit dem Laden verheiratet. Das sind die Leute, die Mädels und Jungs, die Bottroper – alle, wie sie da sind. Denen musst du was bieten. Muss nicht immer Programm sein. Atmosphäre ist das Wichtigste. Darauf kommt's an, dann kommen sie auch wieder. Auch junge Leute. Für den Job – Dienstleister – musst du geboren sein."

ALTE STUBEN

„Ich bin zwar nicht hier geboren, fühle mich aber in Bottrop pudelwohl“, sagte Brigitte U. und marschierte mit Ehemann Siegfried und weiteren „Kneipengängern“ die Böckenhoffstraße hoch in Richtung Lamperfeld/Hans-Böckler-Straße. Die erste Station des gemeinsamen Rundgangs bei unserer Kneipentour wurde angesteuert, die „Alten Stuben“. Es war sonnig und uns wurde vor 16 Uhr die Tür mit „Herzlich Willkommen“ geöffnet. Soviel vorweg: Diese große Gastfreundlichkeit erfuhren wir in allen Alt-Bottroper und Kirchhellener Lokalen, die sich nicht weniger gespannt als wir auf die Spurensuche eingestellt hatten. War`s nicht der gesondert geladene Stammgast oder ein Zufallsbesucher, der sich zu uns gesellte, so gab es Fotos, Film oder hier und da Selbsterlebtes.

Den meisten Teilnehmern war klar: Der Name der Stuben am Lamperfeld sagt nichts aus über ihr Alter. Von einem „Baby“ sprachen später die uns begleitenden Mediensprecher in ihren Aufzeichnungen zur Bottroper Traditionsgaststätten-Landschaft. „Wir können hier noch nicht auf mehrere Generationen Familienbesitz zurückblicken“, erklärte uns Pächterin Sabine Behrendt (Bild oben rechts). Auch sie beklagte den rückläufigen Besuchertrend: „Stammkunden ja, doch es werden immer weniger. Aber Stammtische und Vereinstreffen, wie sie gerade in Traditionshäusern lange gang und gäbe waren, das klappt bei uns wunderbar. Ohne sie, diese Gruppen, sprich Schützen oder Kegelclubs, wäre dieses Geschäft, der ganze Betrieb rund um den Zapfhahn, nur halb so schön.“

Alte Postkarte erzählt von früher

Seit 2005 führt Sabine Behrendt das Lokal. Mit Herzblut und Charme für das Besondere, das wir gleich beim Betreten der Wirtschaft zu sehen und zu spüren bekamen. Blau-weiße Dekoration an den Wänden, hier das Emblem, da die Wappen, Pokale, Zeitschriften ließen unschwer erkennen, wer hier, sprich am Stammtisch in der Fensterecke, beheimatet ist. „Jawohl", gab die Gastgeberin zu verstehen, „Bottrop ist mehrheitlich Schalke-Land. Das ruft die Fans zum Sich-unterhalten, Debattieren, zum Feiern und Fröhlichsein in der Gemeinschaft." Kaum, dass wir Spurensucher das erste Frischgezapfte vor uns hatten, kreiste eine Postkarte in fröhlicher Runde: Drei schwarz-weiße Ansichten aus alter Zeit, die die Außen- und Innengestaltung des Hauses auf einen Blick ins Licht rücken. „Das sind Bilder aus den frühen Anfängen, so sah es hier aus in den sechziger Jahren", meldete sich ein Gast, offenbar kundig des viel zitierten (wirtschaftlichen) Aufschwungs unserer Stadt. „Veränderungen und Neuerungen, die den Lebensalltag erleichterten, beschleunigten und auch beschönigten", beschrieb der jetzt interessierte Spurensucher seine Erinnerungen an das damals auf-

strebende Bottrop. Wie sich da im Plauderton plötzlich die eine Begebenheit an die andere reihte. Bilder waren wohl (fast) allen im Kopf. Exkurs gestattet?

Der Blick zurück

1960er Jahre: Mädchen im Minirock, die Krawatte auch im Alltag ist noch in Mode, Hüte haben ausgedient. Geschäfte – modern in Ausstattung und Angebot, immer mehr öffnen ihre Pforten, Fußgängerzonen werden gepflastert, hier und da die Abrissbirne, neue Wohnräume entstehen, vom Pferdemarkt begeben sich die Leute auf Schiene und Linie, Bus und Bahn. Bottrop zählt rund 113.000 Einwohner, der Dienstleistungssektor schafft Arbeitsplätze, das Interesse an Kultur wächst. Kino, Theater, Schauburg, Konzert, Sportgrößen tragen den Namen Bottrops hinaus. Die Wirtschaft boomt – Vereinsleben blüht, Gaststätten sind noch proppenvoll. In den Kneipen sitzen die gesprächsfreudigen Thekenhocker, Gesellschaften, bürgerschaftliche Vereinigungen, es wird gefeiert. In diese lebendige Zeit fällt dem Vernehmen nach also die Eröffnung der Alten Stuben; ein neuer Treffpunkt, nicht nur für die Bürger unserer Stadt.

„Leute, eine Stunde haben wir für die Alten Stuben", hatte es zu Beginn unserer Kneipentour geheißen. Das musste so sein im Hinblick auf die noch vorgesehenen Stippvisiten anderenorts. Blieb schlussendlich unsere Frage an die gastfreundliche Wirtin: Was hat sich verändert? „Der Kommunikationswert", kam es spontan über ihre Lippen. „Was früher normal war, also der Stammgast, der nach der Arbeit noch auf ein Bier in die Kneipe kam, um ein paar Worte zu wechseln, ist eher Seltenheit", sprach Sabine Behrendt aus 11-jähiger Erfahrung. Die Gründe? „An Unterhaltung im öffentlichen Raum besteht kein großes Interesse", beschrieb sie aus persönlicher Sicht „eine konzentrierte Entwicklung hin zu neuen Interessensfeldern – Internet u. ä", um dann am Ende unseres Smalltalks doch noch das Rauchverbot anzuführen. „Das versetzte uns, allen Wirten, einen Tiefschlag. Bei uns waren es vor allem die Frauen, die sich per Gesetz für ein paar Züge nicht einfach so vor die Türe setzen ließen, dann blieben sie eher ganz weg."

Vereine – Sparclub – Kneipennacht

Für Sabine Behrendt, die Ausübung ihres heißgeliebten Jobs betreffend, hat sich nicht viel geändert. Geblieben ist – bei allen veränderten, gern debattierten Trink-Gewohnheiten und -situationen – die Freude an Tresen und Tisch, an Begegnungen mit den Knobel- und Doppelkopffreunden, mit Schützen, Männern (und Frauen) der Marinekameradschaft. „Es ist wie immer im Leben – ein Geben und ein Nehmen.“ In den Alten Stuben gibt es übrigens noch den Sparclub, es gibt die vielen Fans zur Bottroper Kneipennacht und last but not least dann doch noch den Nachbarn oder Gelegenheitsbesucher, den Spaziergänger oder Touristen, der einkehrt, wenn zum Grillen o.ä. Anlass drinnen oder im Außenbereich ein neues Fass angeschlagen wird. „Treffen auf ein Bier, ein Alt – in den Alten Stuben: Es gibt ja bekanntlich eine Vielzahl an Bieren in unserem Lande; Biere, die regionale Bezüge pflegen und regionale Geschmäcker und Identität prägen.“ Das aber, wie ebenso Wissenswertes rund um das „Untergärige“, ist eine ganz andere Geschichte als die der „Alten Stuben“, deren genaues Alter und Namensgeber uns (noch) beschäftigen. Vielleicht schwingt im Wort ja auch all das Gemütliche mit, das ich in jungen Jahren gelegentlich nach der Chorprobe oder bei einem Treffen mit Karnevalisten erfuhr. Singen durften wir im Gesellschaftszimmer fast immer.

BILDERGESCHICHTE(N)

„Bilder sagen mehr als tausend Worte“

Dieses alte Sprichwort mag zwar nicht für unser gesamtes Buch sprechen, in diesem Kapitel wollen wir es jedoch beherzigen: Wir möchten Raum schaffen für historische Fotos, alte Ansichten, vergangene Szenen – und für Erinnerungen, die Ihnen als Leser möglicherweise beim Betrachten dieser Kostbarkeiten einfallen. Dass manche Fotografie die Jahrzehnte nicht unbeschadet überstanden hat, ist nicht von der Hand zu weisen. Dennoch wäre es zu schade, wenn manch beeindruckendem Zeitdokument deswegen sein Eingang in dieses Buch verwehrt geblieben wäre.

Folgende Bildergeschichten porträtieren einen Streifzug durch die Historie zahlreicher Bottroper Gaststätten, insbesondere jener, die in anderen Kapiteln dieses Buches keine Erwähnung fanden. Lose nach Stadtteilen geordnet, lädt dieses Kaleidoskop früherer Zeiten sowohl zum schnellen Schmökern als auch zum genaueren Betrachten ein.

Zu den ältesten „Wirtshäusern“ im Dorfe Bottrop gehörte das Anwesen des Wirts **Schäfer**: Ab 1821 betrieb der Bottroper Heinrich Schäfer eine Schankwirtschaft am Pferdemarkt. Anfang des 20. Jahrhunderts wurde das Haus abgerissen und durch einen Neubau ersetzt. Unser Foto zeigt das damals stattliche, modernere Gebäude, das 1958 dem Neubau der Sparkasse weichen musste.

Links ein Postkartengruß aus dem **Gasthaus Maus**: Im Forsthaus Bischofssondern an der Chaussee Dorsten-Sterkrade betrieb der Förster des Herzogs von Arenberg, Max Meisters, eine Schankwirtschaft. Nach dessen Tod im Jahre 1859 übernahm Hermann Maus das Amt des Försters, dessen Name Pate stand für den heutigen Maus-Kirchweg im Köllnischen Wald.

Die Gastwirtschaft Jaeger an der Ecke Karl-Englert-Straße öffnete 1870 und schloss in den 1950er Jahren.

Blick ins Innere des Hotels **Westfälischer Hof** an der Essener Straße 22-24, das für Bottroper und auswärtige Gäste über Jahrzehnte – bis in die 1970er Jahre – eine gute Adresse war. Hier tranken sie ihr Bier, hier wurden fröhliche Feste gefeiert, hier traf man sich zu Tagungen und Versammlungen. Selbst die Sänger nutzten die Räume als ihr Probelokal (u.a. Männergesangverein Rheinbaben). Erbaut wurde es in den 1880er Jahren.

Alt-Bottroper wissen um diesen Blick- und Treffpunkt, wo noch nach dem Zweiten Weltkrieg Bier getrunken, viele fröhliche Feste gefeiert und die Rechnung nicht ohne die Wirtin gemacht wurden: **Gasthof Böhmer** an der Essener Straße 87, „Böhmers Minchen". Dieser Spitzname geht zurück auf Wilhelmine Böhmer, die einst das Haus als Tochter des Gründers Bernhard Böhmer weiterführte (Krix 2007: „Alt-Bottroper Kneipenlandschaft", S. 152). Die Anfänge des Wirtshauses gehen zurück bis in die zweite Hälfte des 19. Jahrhunderts; unser Foto zeigt die Wirtschaft im Jahre 1928.

Die älteren Bottroper können sich noch an das Schuhhaus Fischedick erinnern? Heute ist in diesem Gebäude an der Ecke Hansa-Straße bei St. Cyriakus eine Parfümerie beheimatet. Die Geschichte des Hauses **Deutscher Hof** ist eng verwoben mit dem Ortsgeschehen jener Zeit, als wegen des Bevölkerungszuwachses der Aufbau der neuen Cyriakuskirche notwendig geworden war. Noch vor ihrer Weihe (1862) hatte der 1831 geborene Philipp Voßkühler aus dem benachbarten Essen-Borbeck das Haus als Gasthof errichten lassen (1859). Um eine Konzessionserteilung hat er trotz verwandtschaftlicher Nähe zu Amtmann Morgenstern jedoch lange kämpfen müssen. Das Haus mit den erst später eingebrachten Schaufenstern ist Zeugnis dörflicher Vergangenheit; ein Denkmal im Herzen Bottrops.

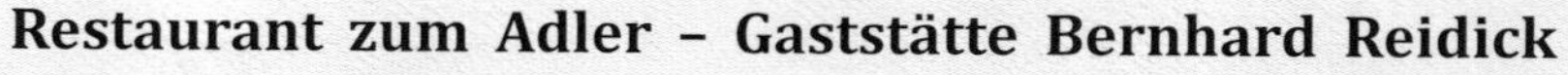

Restaurant zum Adler – Gaststätte Bernhard Reidick

Fröhlichkeit und Durst kommen nie aus der Mode, sagte uns einmal ein Stammtischfreund, als wir ihn auf Entwicklung und Fortbestand der Stammtischkultur ansprachen. Schlechtere Zeiten habe es immer mal gegeben. Deshalb würden Bierfreunde nicht gleich aussterben. Er muss es wissen: Franz Reidick, Sohn des traditionsreichen Gasthauses an der Kirchhellener Straße/Ecke Parkstraße. Stammtischkultur war hier über Jahrzehnte hoch angesiedelt. Das Haus war Tagungsort für viele Bottroper Vereine; so die Briefmarkenfreunde, so auch die Sänger des Männerquartetts. Dem geselligen und gesellschaftlichen Leben war in dieser mit vaterländischen Motiven in der Wandmalerei ausgeschmückten „Schänke“ stets viel Raum gegeben. Schon zur Mitte des 19. Jahrhunderts hat es an der Kirchhellener Straße 72 ein Gasthaus gegeben, von dem die Chronik schreibt, dass es aus wirtschaftlichen Gründen um 1850 aufgegeben wurde. Bernhard Reidick, Sohn des ehemaligen Wirtes, kümmerte sich später und überließ es nachfolgenden Generationen. 1928 erfolgte die Umwandlung der Gastwirtschaft in eine Schank- und Gartenwirtschaft, die nach dem Zweiten Weltkrieg schließlich an Franz Reidick überging. Dessen Witwe stand bis zu ihrem Tode hinter dem Tresen. 2003 wurde das Gasthaus abgerissen, heute befindet sich dort ein moderner Wohnkomplex. Die Fotos aus dem Familienarchiv überließ uns Franz Reidick, Vorsitzender Historischen Gesellschaft Bottrop e.V.

Gruß aus Bottrop

„Spickenbooms Moder"

Die holde Weiblichkeit am Zapfhahn (Namen sind uns nicht bekannt). Das Foto ist auf der Rückseite handschriftlich datiert mit dem 29. Juni 1956.

Bei unserer Stippvisite – Kneipentour 6 – im Restaurant Mylos, wo vor knapp 100 Jahren noch Korn gemahlen wurde, sorgten die Geschichten rund um die Familie Spickenbaum, ihre Windmühle und Gaststätte für allerhand Kurzweil. Wir blätterten in dort ausliegender Literatur („Bottroper Töchter", „Mückenstiche").

„Moder Spiekenboom“ wurde 1851 in Osterfeld als Maria Hövelmann geboren. Sie entstammte einer wohlhabenden Familie. Ihre Mitgift finanzierte nicht unerheblich den Bau der Mühle, mit dem ihr Ehemann Heinrich Spickenbaum 1873 an der Sterkrader Straße/Heidenheck im Dorfe Bottrop begann. 1899 starb der Müller. Ehefrau Maria, dem Vernehmen nach im „Dorp“ geachtet und geehrt, überlebte ihren Ehemann um mehr als 30 Jahre. Maria Spickenbaum – Spiekenbooms Moder – starb am 3. August 1935 im Alter von 83 Jahren. Klug und besonnen reagierte sie auf die Zeichen ihrer Zeit. Sie hatte gleichsam als Geschichtenerzählerin und -schreiberin einen Namen in Bottrop. Aus ihrer Feder stammt die heute noch lesenswerte Darstellung über das Dorf und die Leute „In Bottrop vör semzig Joahr“, vor 70 Jahren.

Die folgende ist nur eine von Moder Spiekenbooms Geschichten: „Wenn der Graf von Oberhausen-Westerholt durch Bottrop fuhr, dann guckten alle Leute auf. Jung, der galoppierte auch mit einem stattlichen Sechsergespann über die Straße. Am Heidenheck hielt er an und trank sich bei Alfs einen Schnaps. Der Alfs hatte den Teufel tief im Nacken sitzen. Einmal meinte der Graf, der Schnaps wäre zu teuer. ‚Ja‘, sagte der Wirt, ‚die Grafen sind wahn rar‘, womit er sagen wollte, ‚dat man ‘nen Groafen mä nämen mögg, wenn es sik maken leit.‘“

Die von Luise Jakobsmeier uns überlassene Postkarte. Rückseitig: „Restaurant Sch. Fischedick, vormals Wwe. Jakobsmeyer, Bottrop, Langenstr. 54"

Gaststätte Jakobsmeier

Tradition im Fuhlenbrock

Die Gaststätte „Jakobsmeier" hatte ihre Pforten längst geschlossen, als wir im Fuhlenbrock zur Spurenlese unterwegs waren und mit dem langjährigen Gastronom, Heinz Lindemann (Gaststätte Lindemann), über die reich gesegnete Kneipenlandschaft des Stadtteils plauderten. Es war ein purer Zufall, dass die „Historische" 2013 in ihrem traditionellen Erzähl-Café im KWA Stift Urbana auf eine Tochter des Gasthauses, Im Fuhlenbrock 115/ Ecke Lindhorststraße, traf: Wir nahmen die örtliche Presse mit ins Boot, zitieren nachstehend und geben einiges von dem wieder, was uns Luise Jakobsmeier, 91 Jahre, an jenem Nachmittag herzerfrischend erzählte und mit handschriftlichen Notizen belegte.

„Die Gaststätte wurde 1904 von meinen Großeltern, Ehepaar Heinrich und Luise Jakobsmeier, gekauft. Als ich geboren wurde, war mein Großvater lange tot. Großmutter führte das Gasthaus bis zu ihrem Tode 1931 allein. Sie hatte neun Kinder. Jawohl, im Saal der Wirtschaft, der den örtlichen Vereinen und Verbänden immer ein willkommener Treffpunkt war, wurde ich 1922 getauft; zu der Zeit nämlich galt er als Notkirche." Ihr Vater Wilhelm, ältester Sohn des Hauses, Stadtamtmann, kaufte nach dem Krieg 1949 das von der Erbengemeinschaft zwischenzeitlich verpachtete Haus zurück und nahm viel Geld auf, um die Räumlichkeiten zu renovieren. In den folgenden Jahren ging es bergauf: Bis 1960 etwa entfaltete sich ein reges, gesellschaftliches Leben im Fuhlenbrock. Wohl 20 Vereine fanden in der Wirtschaft mit Saal eine Heimstatt. Auch ein Verdienst von Luise Jakobsmeier, die früh Verantwortung übernahm: 1950 starb der Vater. Luise und ihr zwei Jahre älterer Bruder Wilhelm brachen ihr auswärtiges Studium ab. „Wir mussten zurück, um mit unserer Mutter den Laden weiterzuführen. Erst zehn Jahre später – die Gaststätte wurde wieder verpachtet – konnten wir in die erlernten Berufe zurück." Luises Studien führten an die Universitäten Münster, Tübingen, Bonn, Freiburg. 2010 kam sie zurück in ihre Heimatstadt Bottrop. „In dem Jahr", so die Seniorin, „wurde auch die Gaststätte, die seit 2000 von meiner Nichte Anja Jakobsmeier als schwedisches Restaurant geführt wurde, geschlossen."

- Gastwirtschaft Theodor Wittstamm -

Gartenwirtschaft Theodor Wittstamm, Bottrop-Nord: Solche und ähnliche Ansichten aus alten Tagen fanden wir in den uns zur Verfügung gestellten Familienalben des inzwischen verstorbenen Gastwirtes Herbert Preuthen. Alt-Bottroper verbinden mit seinem Namen einen hier aufgewachsenen, gleichsam bekennenden Bottroper; einen bürgerschaftlich engagierten und gesellschaftsliebenden, geselligen und gastfreundlichen Gastronomen, der nach eigenen Aussagen „schon als Kind im Betrieb der Großmutter aushalf“ und nach kaufmännischer Lehre später sein „Hobby zum Beruf machte“. Als letzter „Sohn“ der Wittstamm-Wirtedynastie verabschiedete sich Herbert Preuthen Anfang der 1990er Jahre vom Wirtsgeschäft.

Gasthaus Wittstamm, erbaut um 1875

Über vier Generationen hatten die Wittstamms gastronomisch auf dem Kalten Eigen das Sagen. Das Foto links stammt nach Angaben der

Familie aus der Zeit um 1910, als die Bilder laufen und die Autos fahren lernten. Hand aufs Herz: Bei Ansicht der schicken „Droschke“ – mit der Lupe betrachtet – dürften Oldtimer-Freunde heute noch ins Schwärmen geraten. Das Haus war umgeben von einer Gartenanlage. Pumpen und Pferdetränken vor dem Haus erinnern an die damals noch regelmäßig stattfindenden Viehmärkte in Bottrop und Umgebung.

Gaststätte Wwe. Th. Wittstamm
BOTTROP
Kirchhellenerstraße 244

„Frühlingskonzert im Saalbau Wittstamm“, „Wir sehen uns bei Herbert“, „Bei Wittstamm geht die Post ab“, „Müller-Sänger-Treffen auf dem Kalten Eigen“, „Frohsinn schlägt hohe Wellen bei Stellkeswägg“ – solche Schlagzeilen finden sich zuhauf in der örtlichen Tagespresse, in Vereinschroniken, Jubiläumsschriften u. ä. Dokumenten. Der Saal des gastfreundlichen Hauses an der Kirchhellener Straße 244 hat Geschichte geschrieben. Überliefert ist, dass er am 15. Februar 1906 – in erster Generation geplant, in zweiter Generation vollendet – mit einem festlichen Konzert unter Mitwirkung des Gesangvereins „Haideblümchen“ eröffnet wurde.

1998 rückte der Abbruchhammer dem historischen Backsteingemäuer zu Leibe. Heute, fast 20 Jahre später noch, trauern die Alt-Bottroper um ihren Festsaal; er war und blieb bis zu seinem Ende Mittelpunkt des gesellschaftlichen Lebens (nicht nur) auf dem Kalten Eigen.

Hier schlug 1881 die Geburtsstunde der Karnevalsgesellschaft „Stellkes wägg“, hier gründete sich der Männerchor Eigen 1881 – „Heideblümchen“ (heute „Männerquartett 1881“). Der Bürgerschützenverein Eigen, dessen vierte Kompanie von Gastwirt Herbert Preuthen mit ins Leben gerufen wurde, fand hier sein Domizil. Es wundert nicht, dass der angesehene Wirt den Gesamtverein auch als Schützenmajestät repräsentierte (1985-1987). Und waren es nicht die Schützen, Sänger, Karnevalisten (Klumpenbälle, Prunksitzungen, später auch die KG 13), so fanden Sportler, ebenso die Politik, die örtliche Wirtschaft, die Kirche (Liebfrauen, später St. Pius), sogar die Geflügelzüchter im Hause Wittstamm ihren Raum; ungezählte Tanzfeste, Klassentreffen, Familien- und Kameradschaftsfeste gingen über die (Saal-)Bühne, Konzertantes, Elegantes, Gutbürgerliches... Tradition und Fortschritt waren mehr als 100 Jahre Maxime und Aushängeschild der „Wirtschaft“, deren Maifeste schon in der Gründerzeit Gäste aus nah und fern auf den Kalten Eigen riefen.

Ein Postkartengruß aus dem Jahr 1903

Aus der Chronik: Gründer und erster Wirt war Heinrich Wittstamm (Anfang der 1870er Jahre), der zudem die Konzession der Bahnhofswirtschaft (Bahnhof Nord) besaß. Sein Bruder Johannes führte damals das eigene Gasthaus, das später Friedrich Sackers kaufte. Theodor Wittstamm, Sohn des 1901 verstorbenen Bock Henrig, hatte 1900 die Konzession für „Haus Wittstamm“ erhalten. Nach dessen frühem Tod führte Witwe Maria, ein gebürtiges Borbecker Mädel, die Geschäfte weiter. Sie übergab den Betrieb an Tochter Gertrud, verheiratet Preuthen. Ihr Sohn Herbert (ab 1959 bereits Hauptgeschäftsführer) lebte die Familientradition in vierter Generation bis in die frühen 1990er Jahre fort. „In der Bahnhofsgaststätte übrigens arbeiteten immer auch Söhne und Töchter der

weithin geschätzten Wittstamm-Gastwirte-Dynastie“, erzählte uns Ria Böken (geb. Preuthen, Schwester von Herbert Preuthen), die bei „Hochbetrieb in Saal und Gaststätte Haus Wittstamm oft aushalf“. Bei Durchsicht der Speisekarten aus den 1950/60er Jahren schmunzelt die gelernte Kauffrau: „Russisch Ei, Kaltes Kotelett, Mettbrötchen – sie gingen en masse über die Theke, bis manches Mal erst weit nach Mitternacht noch Onkel Ferdi [Bruder von Gertrud Wittstamm, Anm.], Schornsteinfeger, durchs Dach in die Gaststube kletterte und im Saal erst spät das Lämpeli ausging. Wie gesagt, in den Fünfziger Jahren. Das wäre heutzutage undenkbar.“ Dem Bahnhof Nord kam nach dem Krieg keine große Bedeutung mehr zu; 1960 wurde die Personenbeförderung eingestellt. Wo damals in der Bahnhofsküche mal ein belegtes Schnittchen oder heißes Würstchen an die Reisenden ging, genießen die Gäste heute hochwertige Küche.

„Hallo, liebe Historische Gesellschaft“, schrieb uns der Inhaber des **Cottage**, Ralf Mader, und überließ uns zu unserer Spurensuche nach historisch-schönen Gaststätten-Innen- und Außenansichten diese Postkarte und Geschichte zu dem traditionsreichen Treffpunkt auf dem Kalten Eigen. „Die Gaststätte ‚Zum Waldhaus‘ wurde 1937 — damals ‚Waldschänke‘ — erbaut. Sie überlebte den Krieg, bot auch Flüchtlingsfamilien Unterkunft; im Keller befindet sich noch ein kleiner Bunker – wahrscheinlich wussten die Bauherren damals schon, dass es an der Reichsautobahn mal ungemütlich werden könnte. In den 1960er Jahren wurde expandiert, Festsaal und Wintergarten kamen hinzu. Zudem wurden zu dieser Zeit Fremdenzimmer vermietet, in denen u. a. auch der Essener Bischof abstieg, als die Kirche St. Pius (Kalter Eigen) errichtet wurde. Die Gaststätte war vielen Bottropern (auch Auswärtigen) unter dem Namen ‘Waldschlösschen‘ ein Begriff.“

Der Treffpunkt – neudeutsch Location – ist heute wie gestern gefragt für Geburtstage, Hochzeiten und ähnliche Feste und Feiern. Im Jahre 2000 wurde das Waldhaus, nach einigen Jahren Dornröschenschlaf, grundsaniert und zu einem jungen Szenetreff (Konzerte u. ä.) umgestaltet. Das Waldhaus firmiert seit dem Jahre 2000 unter dem Namen „Cottage“ (auf bottropisch: Kottätsch), was übersetzt ‚Ferienhaus‘ heißt. „Genau das soll der Aufenthalt im Gasthaus auch sein: ‚Kurzurlaub für die Seele‘.“

Gastwirtschaft **Große-Lohmann**: An der Horster Straße 177 – aus Stadtmitte kommend auf direktem Weg zur Boy – hat sie seit Jahr und Tag ihr Domizil. Ihre Ursprünge gehen nach Angaben von Wilfried Krix (2007: „Alt-Bottroper Kneipenlandschaft“, S. 136) zurück auf den Berginvaliden Franz Weinberg, der schon zur Wende 18./19. Jahrhundert die Konzession für eine Wirtschaft beantragte. Als auf Rheinbaben die Kohleförderung begann, erhielt er die Erlaubnis für eine Gastwirtschaft (mit Fremdenzimmer). Das war 1902. Das Haus, das bis heute als Hotel-Restaurant unter dem Namen Große-Lohmann geführt wird, erlebte seine Blütezeit um 1912, als auch auf „Arenberg-Fortsetzung“ ganz in der Nähe Kohle gefördert wurde. Unsere Fotos führen zurück in die Kriegs- und Nachkriegsjahre; vor 1945 (links), um 1954 (rechts). (Leihgabe von Karla Vesper)

Ein Gruß aus Bottrop-Boy: Gastwirtschaft Theodor Bennemann

Postkarten waren um die Jahrhundertwende ein wichtiges Kommunikationsmittel. Ohne sie und ohne die Schreibfreudigen, die sie auf den Weg brachten, wäre diese Gastwirtschaft an der Horster Straße, Kreuzung Johannesstraße, Nähe Boyer Markt, vielleicht längst in Vergessenheit geraten. Der Kartengruß auf der folgenden Seite, der so vermutlich ab 1905 postalisch auf den Weg ging, zeigt die Außenansicht des Traditionshauses, eine der wohl ältesten Gaststätten Bottrops.

Zwei Mal kehrten wir auf unserem „Schnupperkurs" bei der heutigen Wirtin, Elsbeth Bednaz, ein. Im Verzeichnis der „Neu-Konzessionen zur Gastwirtschaft im Jahre 1870" ist unter der Nr. 20 der Name „Langehegermann, Franz, 55 Jahre, Stellmacher, Batenbrock 24 (Scharnhölzstr.)" aufgeführt, „Konz. 1.4.1870" (vgl. Krix 2007: „Alt-Bottroper Kneipenlandschaft", S. 61).

Es war dies die Zeit ungezählter Vereinsgründungen in Bottrop (Krieger- und Landwehrvereine, Chöre, Schützen- und Karnevalsvereine) und der sog. Gastwirtschaftsschwemme – auch in Bottrop. Wer sich bewogen fühlte, eine Wirtschaft zu führen, stellte einen Antrag. Dem gestrengen Amtmann Ohm war – Mitte der 1870er Jahre – besonders daran gelegen, die Zahl der Wirtschaften zu begrenzen und die Bürger zu Sitte und Moral anzuhalten. In diese Zeit fällt die Eröffnung der Boyer Gaststätte, gegründet von Holzschuster Heinrich Lange-Hegermann. Zwei Jahre wurde sie von dessen Schwiegersohn, Johann Krebber, übernommen, dessen Ehefrau 1905 – nach seinem Tod – die Konzession auf ihren Sohn übertrug. Von Sohn Gerhard ging der Betrieb über auf seinen Schwager, Theodor Bennemann. Bis heute existiert an gleicher Stelle eine Schankwirtschaft.

Aufnahme um 1914

Als wir uns zur Spurensuche auf den Weg machten, hatte die letzte Stunde der **Gaststätte Bergermann am Kreuz** längst geschlagen. In unseren Klönrunden allerdings erinnerten sich fast alle Teilnehmer an dieses Traditionshaus, Am Altmarkt 1. Den Aufzeichnungen von Heimatforscher Emil Heinrichsbauer entnehmen wir, dass „hier von alters her der Kötterhof Spickermann lag, aus dem später dann eine Gastwirtschaft und Metzgerei wurde, die spätestens ab Mitte des 18. Jh. Bergermann genannt wird“ (Heinrichsbauer 1985: „Kapellen - Wegekreuze – Bildstöcke“, S. 52). Die Gaststätte, vor der über Jahrhunderte immer ein Wegekreuz aufgestellt war, zählt zu den ältesten Bottroper Wirtschaften. Zuletzt – bis zu ihrem Tode – stand Martha Schuknecht, eine Nichte aus der Linie der Gründerfamilie Bergermann, am Zapfhahn. „Marthas Kneipe“ war Stammlokal vor allem für Alt-Bottroper. Eine Besonderheit des Hauses: An den Wänden fanden sich Autogrammkarten und Bilder aller Bottroper Stadtprinzenpaare. Vom langjährigen Vorsitzenden des Fuhlenbrocker Heimatvereins Bernhard Thiehofe wissen wir, dass Bergermann auch ein Treffpunkt seiner „Plattdütschen ut Waold un Hei“ war – immer an Weiberfastnacht.

Lang lang ist es her, dass bei **Kruse-Vieth** das Tanzbein geschwungen, der Nikolaus Kinder bescherte, der Tannenbaum geschmückt war. Warum zu diesem Bildergeschichten nicht mal etwas erzählen aus eigenen Kindertagen? Kopfkino! Da sind sie wieder, die Bilder vom proppevollen Saal: Mädchen und Jungen, feine Damen, Männer, die den Qualm ihrer Zigarette gegen die Decke prusteten, Bedienung mit Spitzenschürzchen. Dazwischen leuchtende Kerzen und Weihnachtsglitzer auf den Tischen, ein riesiger Weihnachtsbaum in der freien Ecke. Und dann das Bild des kleinen Mannes, der uns (VHS-Kinderchor) nach dem Singen eifrig belobigte: „Herr Miller, scheen‘n Dank, und weil sie so scheen gesungen haben, hier – für Ihre Kinderkes, für jed’n was Siesses, für jed’n eene bunte Tiete.“ Der kleine Mann? Otto Joschko, einst Bürgermeister der Stadt. So war es – irgendwann in den 1950er Jahren.

Kruse-Vieth an der Gladbecker Straße – gelegen zwischen dem heutigen Gesundheitsamt und dem damaligen Straßenbahndepot, das dem späteren „Brauhaus Bottich“ Platz machte (1990er Jahre) – war jahrzehntelang beliebter Treffpunkt für Bottrops Vereine und Gesellschaften. Die Ursprünge der lebendigen Gaststätte führen zurück in das Jahr 1877.

Schulte-Mattler, Gladbecker Straße 231: Diese Postkarte stellte uns Hans Scheuss jun., Sohn des früheren Inhabers Hans Scheuss, zur Verfügung. „Die Eltern haben damals, um 1955, den Pachtvertrag wohl nur bekommen, weil wir streng katholisch waren", scherzt der Bottroper. „Mit einem Aufzug (Seil, Handbetrieb) wurden Essen in den Gastraum und leeres Geschirr retour in die Küche transportiert." 1912 eröffnete das Gasthaus unter Metzgermeister Heinrich Lordick. Schulte-Mattler, Treffen bei Scheuss – davon sprechen die Alt-Bottroper heute noch.

„Bei **Köster** – bei uns spielt die Musik", erinnert der Bottroper Kaufmann Dieter Köster, Sohn der ehemaligen Wirtsleute Willy und Auguste Köster geb. Krichel, 2005 bei einem Interview mit der Autorin dieser Zeilen. Konzert- und Hausmusik wurden im Saal großgeschrieben. "Von extravagant bis zünftig spannte das Konzerthaus ‚Zur Krone' das Aufgebot mit Kapellen und Sängergruppen. Die meisten waren für einen Monat verpflichtet, andere gastierten sporadisch und alle zwei Jahre, eine ungarische Kapelle." Die Anfänge des Hauses gehen auf das Ende des 19. Jahrhunderts zurück, heute befinden sich Fischhandel und Blumengeschäft am Standort auf der Gladbecker Straße 7.

Overlack

Im Wicküler, Hochstraße 5: Diese Ansicht erhielten wir von dem Bottroper Karl-Heinz Storp. Bei seinem Besuch in der Alten Börse erzählte der Ahnenforscher: „Meine Mutter, Frau Maria Storp, war eine geborene Overlack. Meine Großmutter war Maria Overlack, geb. Wischermann, Klosterhardt, und ihre Geschwister waren Bernhard Wischermann vom Hotel Bockmühle, Heinrich Wischermann, der nebenan die Metzgerei führte, und Josefine Wischermann, verheiratet mit Wilhelm Beyhoff vom hiesigen Möbelhaus." Die Familienchronik geht bis ins 17. Jahrhundert zurück, „als Sohn Rotger Overlacker den Hof übernahm". In den folgenden Jahrzehnten expandierte der Betrieb. „Zu dieser Zeit unterhielten die Overlacker neben der Landwirtschaft

auch eine Gastwirtschaft", erzählt Storp. So verdeutlicht das Verzeichnis der Winkelwaren und Wirtschaften zu Bottrop vom 30. Juni 1777 in der „Abteilung III Bauerschaft Lehmkuhle": „Overlacker hält Wirtschaft, braut Bier selbst, kauft Branntwein ein mit Maßen, verzapft im Haus Bier, Branntwein in Gläsern, außerhalb etwas Bier in Fässern [...] hält einen Winkel, verkauft Kaffeebohnen, Zucker [...] gemahlenen Kaffee, Tee, Seife [...] Reis, Schnupftabak, Rollpäckchentabak, Salz, Oel in Kleinigkeit". Unsere Aufzeichnungen datieren den Neubau des Grundstücks auf 1900, nach 1943 wurde der ausgebombte Betrieb auf der Hochstr. 5 von Friedrich Overlack wiederaufgebaut.

Gruß aus Kirchhellen...

...mit Dorfansichten aus der viel zitierten „guten alten Zeit“. Hat es diese „gute alte Zeit“ wirklich gegeben? Die Fotos auf folgenden Seiten stellte uns Peter Pawliczek, Vorsitzender des Vereins für Orts- und Heimatkunde Kirchhellen, für diesen Bilderbogen zur Verfügung. Federführend auf zwei „Kneipentouren“ konnte er aus Überliefertem und Selbsterlebtem manches Döneken aus der Kirchhellener Gaststättenszene beisteuern. Zweifelsfrei wären sie eine „Sonderschrift“ wert.

Bei **Schulte-Wieschen** (links) zwischen Alter Post und Gemeindeverwaltung an der Bottroper Straße wurde „feste Feiern – Feste feiern“ großgeschrieben. Taufen, Hochzeiten, Beerdigungen fanden in diesem zwischen 1880 und 1886 erbauten Haus ihren Raum. Theodor und nach dessen Tod Josef Schulte-Wieschen (1939-1979), von den Kirchhellenern charmant „Schulten-Jupp“ oder „Löwen-Jupp“ genannt, führten die Wirtschaft, die Ende der 1990er Jahre ihre Pforten schloss.

Auch außerhalb des Dorfkerns mangelte es nicht an Gast-/Schenkstätten. Diese Postkarte zeigt die Gartenwirtschaft Riesener an der Grenze zu Gladbeck.

Haus Hötten am Alten Postweg in Kirchhellen-Grafenwald: eine Ansicht aus alten Tagen der Gartenwirtschaft, die im Laufe von Jahrzehnten mehrmals ihr Gesicht änderte.

Einige der Kirchhellener Gaststätten sind, wenn auch in veränderter Gestalt, erhalten. So auch Wirtschaft **Jandewerth-Bayer** an der Bottroper Straße. Dieses Haus musste nach dem Kriege einem Neubau weichen. Der traditionsbewusste Familienbetrieb wird in wiederum neuem Gebäude heute als Hotel-Restaurant und beliebtes Ausflugsziel geführt.

Bei unserer Rundreise 2012 durch Kirchhellens Gaststättenlandschaft kehrten wir ein, plauderten, betrachteten vaterländische Motive und gar niemand ahnte, dass auch dieses Traditionshaus drei Jahre später seine Pforten schließen würde: Gaststätte **Dickmann-Kessler.** Bei Kirchhellener Geschichtsschreibern heißt es dazu: „Aus der Chronik des ersten Bürgermeisters Wilhelm Tourneau wissen wir, dass es in den Jahren 1825 bis 1840 in Kirchhellen 13 bis 18 Gasthöfe, Krüge und Schenkwirtschaften gab. Zu den ältesten zählt die Gast-/Schenkwirtschaft Diekmann (Dickmann-Kessler an der Hauptstraße)." In der Schriftenreihe des Vereins für Orts- und Heimatkunde Kirchhellen (Büning/Kleppe/Täpper 1998: „Kirchhellen in der guten alten Zeit") wird deren Gründung auf die Jahre zwischen 1825 und 1840 datiert. Diese Schrift berichtet von einem „Äckerbürgerhaus im Dorfdrubbel. [...] Der ursprüngliche Aufsitzer hieß Weber. Vielleicht betrieb er als Nebenerwerb neben dem Kotten einen Webstuhl. Die Berufsbezeichnung wurde wie so oft zum Nachnamen. Durch Einheirat änderte sich dann der Name." (ebd., S. 24) Die Kirchhellener beklagen das 2015 besiegelte Ende des Hauses, das zweifellos eine städtebauliche und geschichtliche Bedeutung für das Dorf hatte und hat. Nach der Schließung ist die Zukunft des Grundstücks und des Gebäudes ungewiss.

Restaurant zur Post: In diesem Haus an der Bottroper Straße/Ecke Heinrich-Grewer-Straße war die erste Postagentur Kirchhellens beheimatet. In einem der Räume befand sich auch die im Jahre 1881 gegründete Spar- und Darlehnskasse. Ihr Rendant war der Wirt und Postagent Josef Feldmann.

Die Wirtschaft **Dobbe** an der Alleestraße 1: In der Schriftenreihe des Kirchhellener Heimatvereins (vgl. Büning/Rottmann 1987: „Kirchhellens Straßennamen") wird die Geschichte des Gasthauses mit der Einführung des Jagdrechts für jeden Bürger (1848) verknüpft. „Seit dieser Zeit wurde auch in der Familie Dobbe die Jagd als Jäger oder Jagdaufseher betrieben", heißt es in der Schrift. „1868 baute Johann Dobbe sen. das Jägerheim an der damals neuen Provinzialstraße nach Dorsten. Die Gaststätte entwickelte sich zum Treffpunkt der Kirchhellener Jäger."
Das Gebäude beheimatete einige Jahre eine Sparkasse für die Kirchhellener Bürger. 1989 schloss die Gaststätte ihre Pforten.

Links ein Gruß aus Feldhausen mit Uralt-Ansichten des Adelssitzes **Schloss Beck** sowie des **Gasthauses und Postagentur Hermann Gröninger**. Das obenstehende Foto erinnert an das Gasthaus **Igelbüscher**. Es wird erzählt, dass damals bei der Umgestaltung in den 1960er Jahren ein Igel in die Wanne gefallen sei, die zum Kalklöschen gebraucht wurde. Das Tierchen sei dann ganz weiß gewesen. Da habe sich der Besitzer entschlossen, das Ereignis zum Namen der Gaststätte zu machen: „Zum weißen Igel".

Im grünen Bottroper Norden, direkt am Bahnhof Feldhausen, unweit der Stadtgrenzen zu Dorsten, Gladbeck und Gelsenkirchen liegt der **Gasthof Berger.** Kaum vorstellbar, dass es – wie auf der Grußkarte dargestellt – hier einmal so duster ausgesehen hat. Das Haus hat seit mehr als 125 Jahren eine Schanklizenz. Das Gebäude und sein Innenleben wurden mehrfach verändert, zu Beginn des 21. Jahrhunderts nochmals erweitert und dem Trend der Zeit in schickem Stil angepasst. Unverändert ist das Image des Traditionshauses: Autokennzeichen auf dem Parkplatz verraten, dass die Gäste aus dem ganzen Ruhrgebiet kommen. Berger in Feldhausen an der Schloßgasse, nur wenige Fußschritte von Schloss Beck entfernt, hat ein gutes Stück (Feldhausener) Geschichte geschrieben. Sie würde den Rahmen dieses Buches sprengen.

Gasthaus Haseke nostalgisch. Sie kennen Geschichte und Geschichten aus alten Tagen der „Wirtschaft", die zuletzt als Landgasthof Haseke an der Münsterstraße geführt wurde?

Ein zweites Mal in dieser Schrift begeben wir uns auf einen Streifzug durch die Historie des Gerstensafts und anderer verführerischer Getränke und wünschen gleichsam einen angenehmen (Lese-)Genuss.

Der Vierd tail

das sölhs den pfarrern in vnserm lannde nit gestatt werden sol/ausgenomen was die pfarrer vnd geystlichen von aigen weinwachssen habñ/vnd für sich/jr pfarrgesellen/priester=schafft vnnd haußgesynd/auch in der not den kindlpetterin/vnd kranncken leüten/vnuärlich geben/das mag jne gestatt werden. Doch geuärlicher weis/von schennckhens vnd ge=wins wegen/söllen sy khainen wein einlegen.

Wie das Pier summer vnd winter auffm lannd sol geschennckt geprawen werden.

Auszug aus der Urkunde des Reinheitsgebots (Quelle: Deutscher Brauer-Bund e.V.)

Vergabe des „Bayerischen Reinheitsgebots" für das Bierbrauen jährt sich zum 500. Male

Das Brauen von Bier stand längst nicht jedem Bürger frei. Die Erlaubnis musste eingeholt werden; Brauer standen in einem strikten Abhängigkeitsverhältnis zur Obrigkeit. Landesweit.

So war es auch im Vest Recklinghausen. Dies zeigen folgende Worte, die den Ausführungen von Rolf Gosdek in „Bottroper Bier – Eine kleine Geschichte der gewerblichen Brauereien in Bottrop und Kirchhellen" (1998, S. 9) entnommen sind: So war „der Ausschank von Bier und der Handel mit ihm [...] einer der kurfürstlichen Oberkellnerei Horneburg zufließenden, indirekten Verbrauchssteuer, der Bieraccise, unterworfen. In Alt-Bottrop brauten die Wirte selbst". Davon erzählt unter anderem das Kapitel rund um unsere fast schon legendäre Bottroper Westfalia-Brauerei (siehe eigenes Kapitel ab S. 22 dieses Buches).

Erlass gilt als das „älteste Lebensmittelgesetz" der Welt

Für viele Leser mag es überraschend klingen: Zu der Zeit, als das „Bayerische Reinheitsgebot" erlassen wurde, dürfte sich landesweit, so auch im Vest Recklinghausen und in Bottrop, das Hopfenbier als gebraute Biersorte durchgesetzt haben. Die gute Qualität dieses Bieres belebte den Konsum und vergrößerte seinen Anteil auf dem Getränkemarkt. Das Reinheitsgebot war keinesfalls revolutionär – es war lediglich eine Zusammenfassung bereits lange bestehender lokaler Reinheitsvorschriften. Am 23. April des Jahres 1516, also 500 Jahre bevor wir diese Zeilen zu Papier bringen, erließen die bayerischen Herzöge Wilhelm IV. und Ludwig X. im Rahmen einer Landesverordnung diese Verfügung. Aus dem Reinheitsgebot von 1516: *„Wir wöllen auch sonderlichen / das füran allenthalben in unsern Stetten / Märckthen / unn auf dem Lannde / zu kainem Pier / merer stückh / dann allain Gersten / Hopfen / unn wasser / genommen unn gepraucht sölle werdn."* Diese Idee überdauerte die Jahrhunderte: Nicht mehr als Gerste, Hopfen und Wasser dürfen ins Bier.

Es mag bei dieser Anordnung nicht nur um die Reinhaltung des Bieres gegangen sein: Die Versorgung der Bevölkerung mit Brot musste gesichert werden, wofür Weizen und Roggen vorbehalten bleiben sollten.

Brauen in Bottrop: Eine jahrhundertelange Tradition

Nach Angaben der Stadtarchivarin Heike Biskup „besitzt das Brauen in Bottrop eine jahrhundertelange Tradition [...]. Vor über 1000 Jahren wurde Bier in Aufzeichnungen bereits in unserer Gegend als Volksgetränk genannt." (WAZ Bottrop, 23. April 2016). Nachstehend ein paar Daten und Fakten zur Historie des Bierbrauens im alten Bottrop (mit Blick nach Kirchhellen).

Wir stellen dazu Informationen aus verschiedenen Akten und alten Unterlagen zusammen, die uns die Geschichtsschreiber eben zu diesem Zwecke (der Verbreitung) überließen. Nur Einiges ist genannt, mehr Wissenswertes würde den Rahmen dieser Schrift überziehen und ihren unterhaltsamen Aspekt ggf. vernachlässigen. Wir empfehlen die jeweils angegebenen Quellen, das ist dann im wahrsten Sinne des Wortes „(I)ihr Bier".

1466: Bis zur Erfindung des Hopfenbieres galt Grut als Hauptzutat, um zu brauen. Auf dieses Würzmittel hatten die Landesherren ein Monopol und verkauften es nur gegen eine Abgabe an die Brauer, die sogenannte Grutsteuer. Im Jahr 1466 „verschrieb Johann von Gemen, an den das Land aus Geldnot versetzt war, die Grutsteuer für das gesamt Vest der Stadt Recklinghausen auf volle 80 Jahre." (Gosdek 1998: „Bottroper Bier", S. 8)

1497: Eine Hebeliste zeigt erstmals Hinweise auf gewerbliches Brauen in der Region. Diese Liste dokumentiert Namen Bottroper Brauer, die für die Grut einen bestimmten Betrag abführen mussten. Genannt als Steuerzahler sind die Biersieder Teppeken, Kelner, Greyte Kosters, Goosen Kosters (vgl. ebd., vgl. auch Dickmann 1931: „Aus älteren Nachrichten über die Bottroper Biersteuer", Gladbecker Beobachter, 1. August 1931).

Mitte des **16. Jahrhunderts** verdrängte das Hopfenbier das bis dahin gebraute Grutbier, auch in der Region.

1672/73: Der Staat erkannte im Bier zunehmend eine Einnahmequelle. Nach der Grutsteuer ging man dazu über, den Ausschank und Handel des Getränks mit einer Abgabe zu belegen. Diese Akzisen – auch als Bierpfennig bezeichnet – spülten viel Geld in die Kassen, oft die Kriegskassen, der Obrigkeit. Auch in Bottrop mussten Brauer zahlen. Autor Rolf Gosdek macht als Quelle das Kriegsschädenverzeichnis aus, nach dem „viele Einwohner Bottrops als Nebenerwerb zur Landwirtschaft oder für den eigenen Bedarf das Bierbrauen [betrieben]. Eine Anzahl Kötter, überwiegend in der Dorfmitte, richtete in ihren Häusern einen Winkelladen oder auch Wirtsstuben ein." (ebd., S. 9f)

Zu jener Zeit war das gebraute Bier meist obergärig, weil keine geeignete Methode zum Kühlen des Sudes bekannt war: Obergärige Hefe arbeitet bei einer Temperatur von 15 bis 20 Grad Celsius, während untergärige Hefe zwischen 4 und 9 Grad benötigt. Vor allem Kleinbrauereien mit angeschlossenen Schankwirtschaften brauten mit Hopfen und Gerstenmalz ein Bier, das man mit dem heutigen Altbier vergleichen kann (vgl. ebd., S. 10).

1777: Auf dieses Jahr datiert das „Verzeichnis der Winkelwaren und Wirtschaften Bottrops", aufgestellt vom damaligen Amtsfron Edelhoff. Zehn Wirte werden aufgelistet, die eine Braustätte betrieben und eigenes Bier in ihren Gaststuben ausschenkten – unter anderem in Fuhlenbrock, Welheim und Lehmkuhle (vgl. ebd., vgl. auch Dickmann 1931: „Aus älteren Nachrichten über die Bottroper Biersteuer"). Für die Bauerschaft Schlangenholt sind im Verzeichnis keine Braustätten angegeben.

1819: Rolf Gosdek referiert hier auf eine Quelle des Heimatforschers Hans Büning („Kirchhellen, Geschichte und Geschichten"), der für das Jahr 1819 drei Brauereien in Kirchhellen ermittelt. Genannt sind Henrich Hollmann in Feldhausen sowie Theodor Allekott und Bernd Schürmann in Kirchhellen (vgl. ebd., S. 50).

1850 – 1910: In diesen Zeitraum fällt die zunehmende Industrialisierung unseres Gebietes; die Zeit der nichtgewerblichen Brauer geht allmählich zu Ende. Erlass preußische Biersteuer, Konzessionspflicht, verkürzte Gaststätten-Öffnungszeiten, Rückläufigkeit der Gaststättenzahl auf der einen, Veränderungen auf der anderen Seite: Erfindung der Dampfmaschine durch James Watt mit allen Vorteilen für eine Großfabrikation und die Einführung von Carl Lindes Kompressionsküh-lung bewirkt eine steigende Zahl von Großbrauereien. In diesen Zeitraum – Mitte des 19. Jahrhunderts – fällt auch die Gründung der Bottroper Westfalia-Brauerei durch Bernhard Jansen, die mit dem Jahr 1874 festgeschrieben ist.

Biersorten-Paradies und – ein anderer Geheimtipp

Deutschland ist von Nord bis Süd ein einziges Bier-Paradies. Die Palette reicht vom herben Pils aus dem Norden und Bremer Kräusen über Berliner Weiße und Leipziger Gose, über das würzige Einbecker Ur-Bock, Export, obergärige Alt und Kölsch, das frisch-herbe Weizen aus Bayern und Rauchbier in Franken bis hin zu zahlreichen für unsere Gegend neuen Sorten, die sich vor allem in den Regalen der Getränkemärkte finden.

Zum 500. Geburtstag des „Bayerischen Reinheitsgebots" ließen sich die Gastronomen manch „Bemerkenswertes" einfallen. Auch in Bottrop. Nicht nur, dass in der Innenstadt das erste „Gambrinus-Fest" (siehe auch

Kartenmotiv Bottrop um 1911

die folgenden Seiten) mit einer Reihe von Aktivitäten auf der Gastronomiemeile Gladbecker Straße über die Bühne ging; auch in manch heimischer Wirtschaft wurden zur „Feier des Tages" neben den üblich-gewohnten Biersorten auch solche Markenbiere gezapft, die sonst nicht zum Ausschank kommen.

Sie, liebe Leser, haben – wenn nicht gerade an diesem „Gedenktag" in unserer Stadt, dann vielleicht bei Ausflügen und Urlauben – das ein und andere Bier verkosten bzw. hier und dort werbestrategische Maßnahmen und flotte Gerstensaft-Werbesprüche der jeweiligen Gegend wahrnehmen können. Hier wäre unter anderem noch das Schwarzbier zu nennen, das sein „Zuhause" in der Goldenen Stadt Praha – Prag haben soll. Da heißt es dann: „Na zdravi!"

Rezept gefällig? Ein Schwarzbier-Gelee ist in Nullkommanix eingemacht: 750ml Schwarzbier, 1 EL Vanillezucker, eine Prise Zimt und 1kg Gelierzucker ein paar Minuten kochen und abfüllen. Lecker!

GAMBRINUS - DER LEGENDÄRE ERFINDER DES BIERES?

Seit 2015 wacht er wieder über Wirte und Gäste in Bottrop: der legendäre Gambrinus. Mehr als 700 Kilogramm schwer, steht die Statue des Sagenkönigs unverrückbar am Eingang der Gastromeile. Diesmal wird sich Gambrinus hoffentlich nicht mehr so schnell aus dem Städtchen zurückziehen: Einst war der Bierpatron Namenspate für eine Gaststätte auf der Hochstraße, die vor mehr als 40 Jahren abgerissen wurde – und damit verschwand auch die legendäre Figur, die auf den Giebeln der Wirtschaft thronte.

Wieder auferstanden: Die neue Gambrinus-Statue auf der Gladbecker Straße

In mittelalterlichen Schriften, die von den Deutschen und ihren Vorfahren berichten, wird Gambrinus erwähnt. Diese Geschichtswerke – entstanden um 1500 – erzählen vom Thuiskonenkönig „Gambrivius“, der von Isis und Osiris das Bierbrauen erlernte. Die heutige Vorstellung vom legendären Sagenkönig geht auf den deutschen Dichter Burkart Waldis zurück (vgl. Meußdoerrfer/ Zarnkow 2016: „Das Bier“, S. 102). Bis heute streiten sich Forscher darüber, ob Gambrinus lediglich eine

Figur aus Märchen und Erzählungen war oder ob er auf einer weltlichen Persönlichkeit basiert. Einige Historiker führen Gambrinus auf Jan I. von Brabant oder Jan Primus (= Gambrinus?) zurück. Der Herzog (1252-1294) soll als Ritter und Minnesänger große Taten vollbracht haben – und galt als trinkfest (vgl. Hoepfner 1998: „Die Hochburg der Braukunst", S. 45).

Glaubwürdiger ist jedoch die Darstellung, dass der König eine reine Erfindung mittelalterlicher Schreiber ist. Diese tauften ihn ursprünglich „Gambrivius" – eine Rückführung des Namens auf Jan Primus oder andere erscheint dann wenig plausibel. Der Titel „Gambrivius" wiederum geht zurück auf die Gambrivier, ein mysteriöses germanisches Volk (vgl. Mulder 2016: „Was John of Brabant a Beer God?"). Bis heute ist dieser Mythos geblieben: Gambrinus' Namen oder seine Figur zieren heute viele Biermarken in Europa und den USA. Etwas Tradition schadet auch der modernsten Sorte nicht...

„Geb'n Sie dem Mann am Klavier....

...noch ein Bier", „Ja, sind wir im Wald hier, wo bleibt unser Alt-Bier...", „Schütt die Sorgen in ein Gläschen Wein", „Appelkorn ist hin": Diese und andere Trinklieder stimmen wir oft in der Gemeinschaft an. Wir singen sie nicht vornehmlich im Bewusstsein des berauschenden Einflusses von Alkohol auf unser Verhalten, unsere Stimmung, sondern aus einer Laune heraus, zur Geselligkeit. Zum Beispiel in einer „Wirtschaft" zwecks guter Unterhaltung. Wenn in vorgelegten Bottroper „Kneipenszene(n)" kleine Biergeschichten zwischengefasst sind, warum dann nicht auch dem Korn, dem Branntwein (Brandwein), also den härteren Getränken und ihren einstigen Produktionsstätten, den Brennereien in unserer Stadt, ein Wort geben? Jedenfalls ist auch Hochprozentiges seit jeher in der Kultur des Abendlandes fest verankert. Die Erfindung des Destillationsverfahrens wird auf arabische Alchemisten um das Jahr 700 zurückgeführt. 400 Jahre später war die Methode auch in Europa angekommen; hochprozentiger Alkohol bekam die Bezeichnung „aqua vitae“ – Wasser des Lebens (vgl. Vallee 1998: „Kleine Kulturgeschichte des Alkohols“, S. 62ff). Mit der Erfindung der Brennblase durch Albertus Magnus (1193-1280) gewann das Destillationsverfahren eine neue Qualität.

Vom Nahrungs- zum Genussmittel

Auch die Herstellung des Weins wurde zu jener Zeit revolutioniert: Alte Verfahren des Kelterns, mit denen nur ein relativ niedrigprozentiges, eher nach Essig schmeckendes Getränk hergestellt werden konnte, wurden durch modernere Methoden ersetzt (vgl. ebd.). Zur Zeit der Pestepidemien und Seuchen des 14. Jahrhunderts wurde Hochprozentiges immer beliebter: Im Mittelalter versuchten die Menschen den oft grausamen Alltag mit Alkohol – vor allem mit den „neuen“ Spirituosen – zu ertragen. Die stetige Verbesserung von Produktion und Qualität verlieh den berauschenden Getränken eine neue Bedeutung: Sie galten im Laufe des Mittelalters nicht mehr nur als reines Nahrungs-, sondern auch als Genuss- und Heilmittel. Ärzte, Apotheker und Mönche brauten hochprozentige Obstbrände, die bei der Krankenheilung eingesetzt wurden und vor allem psychische Wirkung entfalten sollten.

Prohibition und Gesetze

Mit der Industrialisierung und ihrem technischen und arbeitsteiligen Fortschritt wurden Branntwein und Co. zum Genussmittel der Arbeiterschicht. Als günstiger Rausch wurde der Alkohol zu jener Zeit auch zu einem gesellschaftlichen Problem, das Armut und sozialen Abstieg aus der Mittelschicht mit sich brachte. Folge dieser Bruchstellen war auch die Prohibition in den USA, die ab 1920 dreizehn Jahre lang galt. Zu dieser Zeit entstand ein blühender Schwarzmarkt, kontrolliert von

Kriminellen wie Al Capone und Johnny Torrio. In Deutschland wurde damals (1922) das Branntweinmonopolgesetz erlassen, das unter anderem eine Steuer sowie Produktionsvorgaben mit sich brachte. Im März 2013 beschloss der Bundestag die Abschaffung des Gesetzes. Einige Vorschriften und Passagen sind künftig im Alkoholsteuergesetz integriert.

Aus einem alten Flaschenetikett von Sackers Wacholder

„Der Genießer sagt: Willst trainieren du die Nieren, trink 'nen Sackers zu den Bieren."

Drei Bottroper Brennereien. Drei "Markenzeichen"

Im Laufe der Jahrhunderte verfeinerten sich die Destillationsverfahren. Was als "magisches Allheilmittel" begann, erlebt heute allerorts eine unvergleichliche Vielfalt von feinen Spirituosen zum Wohle der Gesundheit und als Genuss für den Gaumen. Hier bringe ich nun unsere Gemeinde ins Spiel: Bottrop, in unserer Revierregion gewiss ein kleines Fleckchen Erde, unter der im Zuge der Industrialisierung hart gearbeitet wurde. Drei namhafte Bottroper Brennereien gab es in unserer Gemeinde, die in den letzten Jahrzehnten des 20. Jahrhunderts ihre Pforten schließen mussten. Drei Markenzeichen aus dieser Zeit machten hierzulande lange von sich Reden: Freitags Freya- Wacholder (Donnerberg-Weinbrand), Brinkmanns Milder Emil und Sackers Doppelwacholder sowie als besondere Spezialität der Brennerei - der Magenbitter Galenus. "Bei Sackers auf dem Kalten Eigen erinnerte man sich lange noch an die Dampfkornbrennerei", sagte mir der Enkel des traditionsreichen Familienunternehmens, Friedhelm Sackers, als er mich 1996 in seine Gaststätte einlud und in den Familienalben blättern ließ. Davon erzählen wir auf den nächsten Seiten.

BEI "SACKERS" AUF DEM KALTEN EIGEN

Zur Firmengeschichte: Firmengründer Friedrich Sackers baute im Jahre 1894 an der Paßstraße ein Haus, dem er den ersten Abfüllbetrieb angliederte. „Damals wurde die Ware noch mit Pferd und Wagen ausgeliefert", erzählte mir Friedhelm Sackers aus überlieferten frühen Geschichten der einstigen Bier-Großhandlung. „Das erste Fahrzeug, ein Mercedes-LKW, kam erst 1905 zum Einsatz."

Aus dem Familienalbum

1911 kaufte Friedrich Sackers das schmucke Jugendstilgebäude an der Kirchhellener Straße 224/226 auf dem Kalten Eigen (erbaut von der Familie Wittstamm). Drei Söhne – Josef, Jakob und Wilhelm – von insgesamt fünf Kindern waren mit tätig beim Ausfahren von Bier und Limonaden, so arbeiteten sie sich schließlich in die „Branche" ein. 1912 erfolgte der Eintrag der Firma ins Handelsregister. Zunächst nahm man für die Wassergewinnung auf dem Firmengelände die entsprechenden Bodenbohrungen vor. Sodann wurde eine Weinbrennerei gekauft und in Betrieb

Gastwirtschaft „Zur Erholung". So hieß das Sackers-Stammhaus, das mehr als 100 Jahre auf dem Eigen eine feste Adresse war. Schon in den 1920er Jahren ging diese Ansicht auf den Postweg.

genommen, mit der sich schnell Erfolg einstellte. Die 1928 in Neviges erworbene Kornbrennerei verlegte man später nach Bottrop. Mit dem Kauf einer zweiten Kornbrennerei in Aachen wurden die Maschinen ergänzt, der Betrieb expandierte. Das Biergeschäft nahm seinen Aufwärtstrend und bald schon wurde mit dem Bau großer Kühlräume begonnen.

Von 1911 bis 1935 fungierte Firmengründer Friedrich Sackers als Unternehmenschef, anschließend bis 1940 dessen Witwe. Die drei Söhne führten den Betrieb in den folgenden Jahrzehnten weiter: Wilhelm war Brennmeister, Jakob für Kundenbetreuung und Außendienst verantwortlich, Josef für den kaufmännischen Bereich. Wilhelms Sohn Friedhelm Sackers führte den elterlichen Betrieb nach seiner Ausbildung weiter. Bei meiner Stippvisite war er noch im Besitz edlen Tropfens: eines 38%igen Weinbrands, der nach eigenen Angaben 1968 im Hause gebrannt wurde.

Weinbrennerei – Kornbrennerei – Likörfabrik

Die Spirituosen-Palette – wohl 40 verschiedene Sorten – reichte vom Eierlikör über einen Rumverschnitt bis zum Klaren, Sackers Doppelkorn-Silberkorn. Friedhelm Sackers: „Zur Verarbeitung der Spirituosen wurde in frühen Jahren Wasser aus den drei firmeneigenen Tiefbrunnen genutzt, zum Teil aus 50 Meter Tiefe befördert. Spezialfilter und Reinigungs- wie auch Wasseraufbereitungsanlagen sorgten dafür, dass die Qualität des Brunnenwassers höchsten Trinkwasseranforderungen entsprach. „Das Brunnenwasser", so die Überlieferung, „wurde auch für die Herstellung von Limonaden der firmeneigenen Marke Delta zutage gebracht. Später erfolgte die Abfüllung auf Edelstahlbehälter, sog. Container, die beim Wirt wie Fassbier an eine Zapfleitung angeschlossen werden konnten. 1958 wurde die Dampfkesselanlage von

Kohlefeuerung auf Ölfeuerung umgestellt." In Bottrop stand damit die erste Schwerölfeuerungsanlage aller Brennereien im Bundesgebiet. Über ein 30-köpfiges Team und einen großen Fuhrpark verfügte der Traditionsbetrieb, der zwischenzeitlich viele Ausflügler ins Café und Restaurant „Zur Erholung" lockte.

Wohl 20 Fahrzeuge waren täglich im Einsatz, darunter noch dem Vernehmen nach „der gute alte Opel 4. Die Seele des Hauses", so Friedhelm Sackers in unserem Gespräch, „war die gute Lotte. Sie war im Schankraum, im kaufmännischen Bereich, im Produktionsbetrieb wie auch in der Auslieferung dabei. Musste mal ein

Links: Das Garten-Restaurant „Zur Erholung" Sackers (heute Alte Kirchhellener Straße). Rechts: Fuhrpark Sackers

Wagen gewaschen werden, packte sie an. So auch in der anderen Waschanlage, von der es auf dem Eigen oft hieß: Gehen wir mal nach Sackers Flaschen spülen."

Neben der Herstellung von Spirituosen aus der eigenen Kornbrennerei wurde Weinbrand in der eigenen Weinbrandbrennerei produziert. Dazu gelangte der Kornfeinsprit zur Weiterverarbeitung in die Likörfabrik, wo durch Zugaben von Destillaten und Grundstoffen die eigentliche Fabrikation erfolgte. Die Destillate und Kräuterauszüge gaben den Erzeugnissen die besondere Note. Von den bis zuletzt erhaltenen firmeneigenen Rezepturen kann hier nicht die Rede sein, einzig vom Trinkspruch für ein Getränk, das heute in vielen Bottroper Gaststätten noch seine Runden macht. Wer kennt (ihn) nicht: „Macht der Magen mal Verdruss, trinke einen Galenus." Die Erzeugnisse von Sackers auf dem Bottroper Eigen wurden eh und je mit goldenen Medaillen ausgezeichnet, so etwa auf der „Westfälischen Hotel- und Gaststättenschau" in Dortmund in den fünfziger Jahren. 1971 wurden die Brennrechte verkauft. Das Wohnhaus (Hof) wurde 1983 abgerissen, bis 1990 war der Familienbetrieb fremd vermietet. Ein Jahr später übernahm der damals 50-jährige Friedhelm Sackers mit seiner Ehefrau das im gleichen Jahr – 1991 – „frisch renovierte" und im altdeutschen Stil eingerichtete Hotel-Restaurant an der Kirchhellener Straße 224/226, das vor gar nicht langer Zeit Opfer der Flammen wurde. Ein Stück Eigen – Eigener Eigenart – ging verloren. (Quellen: Elsbeth Müller, Stadtspiegel Bottrop, 10. Januar 1996)

HOCHPROZENTIGES: DER MILDE EMIL

Kornbrennerei Johannes Brinkmann wurde 1881 an der Essener Straße gegründet

Unsere Stadt feierte wieder einmal ihr über Jahre sogenanntes „Rendezvous in Bottrop", als der „Milde Emil" an einem Informationsstand der Historischen Gesellschaft zum Ausschank kam. „Milder Emil – ein Produkt der Kornbrennerei Johannes Brinkmann" lautet eine Schlagzeile, die Mitte der 1990er Jahre für das Stadtfest und damit für den „Korn", den Klassiker unter den „Klaren", warb. Denn „jeder Korn ist zwar ein Klarer, aber nicht jeder Klare verdient die Bezeichnung Korn", heißt es bei Ulrich Korte, dem Urenkel des Firmengründers Johannes Brinkmann. Oft habe er bei seinem Vater Helmut in der Brennerei gestanden. So wundert es nicht, dass der Bottroper Geschäftsmann noch viel Utensil und Dokumente als Erinnerungsstücke aus dem Familienbetrieb aufbewahrt.

Die Brennerei war im Jahre 1881 von Johannes Brinkmann an der Essener Straße 30 gegründet worden, ein landwirtschaftlicher Betrieb. Die Brennrechte standen in strenger Verbindung mit der Landwirtschaft und Viehhaltung. Bei „Brinkmanns Klarem" ging dessen Genießer von einer „besonders sauberen Destillation" aus.

Die Zubereitung

Warum? Zitat: „Die Mischung aus Getreide, Hefe, Wasser, Säure und anderen speziellen Zutaten muss gären. Etwa drei Tage. In den dafür vorgesehenen Behältern entsteht die bekannte Maische. In einer Brennsäule 8 Meter hoch, 1 Meter Durchmesser (Kupfer) lässt sich über ein sog. Kammersystem (Böden und Kuppeln) unter Dampfzufuhr der Rohalkohol heraustrennen. Die verbleibende Schlempe, aufgrund der Körner sehr eiweißhaltig, diente der Viehfütterung. In einem weiteren Brennvorgang wurde der Rohalkohol verfeinert durch Freisetzung ätherischer Öle (Scharfmacher) und

Zufuhr spezieller Zutaten. Die Fasslagerung brachte schließlich das Aroma, bevor der Korn in Flaschen abgefüllt wurde." (Müller, Stadtspiegel, 1995/96) Viele Bottroper kennen sie, die „besondere Marke". Den „Milden Emil" gab es in Glas- und Tonflaschen. Letztere in verschiedenen Größen und Formen mit unterschiedlichsten Motiven der Stadt (Rathaus, Malakoffturm u.a.). Was noch zu sagen wäre: Die Kornbrennerei Brinkmann, die bekanntlich vor jedem Vogelschießen der Alten Allgemeinen Bürgerschützengesellschaft Bottrop von 1876 e.V. ihr Zielwasser kredenzte, hatte durch Auflagen der Stadt den Fabrikationsbetrieb sowie die Landwirtschaft aus der Ortsmitte verlegen müssen. Im Jahre 1982 wurde der Brennereibetrieb schließlich eingestellt.

Schnaps-Leichtgewicht für Wirte: der „Milde Emil"

Bei einer unserer letzten Traditionsgaststättentouren stand wieder einmal eine Runde des Brinkmann'schen Korn, also „Milder Emil", auf dem Tisch. Dazu Hanns Wilhelm Große-Wilde, Gründer und langjähriger Vorsitzender der Historischen Gesellschaft, an jenem Freitag: „„Die Geschichte dieses niedrigprozentigen Schnapses geht natürlich wie so vieles hier auf den Bergbau zurück.' Als die Kumpel noch anschreiben ließen und einmal im Monat ihren ‚Deckel' bezahlten, gaben sie dem Wirt immer einen Schnaps aus. ‚Das war natürlich heftig, und die Wirte fragten Dr. Emil Brinkmannvon der gleichnamigen Brennerei, ob es nicht einen Leicht-Schnaps geben könnte. So brachte Brinkmann dann einen Schnaps auf den Markt, der 'nur' 32 Prozent hatte, was im Vergleich zum Üblichen schon eine enorme Reduzierung der Umdrehungen bedeutete. Und das Produkt hatte sofort einen Namen: Milder Emil'" (Aschendorf, WAZ Bottrop, 31. März 2014).

GESCHICHTE(N) VOM BOTTROPER WIRTEVEREIN

„Die Wirtevereinigung Bottrop kann in diesem Jahr voller Stolz auf eine 95-jährige Geschichte und Tradition zurückblicken. Grund genug, den Stiftungstag festlich und sauber zu begehen", schreibt **Herbert Preuthen** 1977 als 1. Vorsitzender dieses Zusammenschlusses dem Geburtstagskind ins Buch. Der inzwischen verstorbene langjährige Besitzer und Gastwirt vom „Hause Wittstamm" auf dem Kalten Eigen öffnete zu diesem Feier- und Gedenktag am Donnerstag, 12. Mai 1977, seine Saaltüren. In der Broschüre („95 Jahre Gaststätten- und Hotelgewerbe Bottrop", Jubiläumsfestschrift 1977)überlassen uns die damaligen Vorstände **Josef Batz, Hermann ten Hövel, Walter Marnitz, Luise Gassmann** und **Hans Blömer** – in gebotener Kürze – Daten und Fakten der heimischen Gastronomie vom 15. Jahrhundert bis zum Ende der 1970er Jahre. Der Chronist spricht von sechs Personen, die schon im 15. Jahrhundert in Bottrop selbst brauten und einen Ausschank betrieben. 1777 sollen es 26 Wirtschaften gewesen sein, die meist bäuerlichen Ursprungs waren und selbst brauten und brannten. Der 1. 1. 1883 wird als Gründungsdatum des Bottroper Wirtevereins angegeben. Dazu heißt es: „Dieses Datum wurde am 30. 5. 1928 nach eingehendem Bericht des Kollegen **Johann Blömer** – Vater des späteren Vorsitzenden – von der Versammlung festgelegt. Leider sind durch Kriegswirren die vollständigen Unterlagen verloren gegangen." (Jubiläumsfestschrift 1977, S. 13)

Blick in die Erinnerungsblätter der 1970er Jahre

Nach dem Zweiten Weltkrieg versuchten etliche Betriebe, den gehobenen Ansprüchen des Gastes durch Renovierung und Umgestaltung gerecht zu werden. „Und so entstand in Bottrop ein dichtes Netz von schönen, gediegenen Lokalen, die sich von Stadtmitte bis zu allen Stadtteilen hinzogen", lesen wir in der

Festschrift aus jenem Jahre 1977, die gleichsam ein Stimmungsbild zeichnet. Zwar sei der Stammtisch der früheren Jahre in Umfang und Vielzahl noch nicht erreicht, „aber viele Gäste haben die Gemütlichkeit und Geborgenheit in 'Der Kleinen Kneipe' um die Ecke wieder entdeckt. Die Gaststätten sind wieder Mittelpunkt des geselligen Lebens und des Feierabends geworden."

Zahlen und Fakten – knapp notiert:

1900	Anschluss an die Bottroper Innung
1919	Deutscher Gaststättenverband
1925	Freie Wirte Innung
1934	Zwangsverband Gaststätten und Beherbungsgewerbe
1945	Auflösung der Zwangs-Innung
1946	Gaststätten- und Hotelgewerbe Nord-Westfalen, später Nordrhein-Westfalen
1952	102 Betriebe – 94.000 Einwohner
1957	132 Betriebe – 97.000 Einwohner
1972	230 Betriebe – 107.000 Einwohner

295 Konzessionen: „Ein stolzes Gebäude..."

Nachdem im Zuge der Eingemeindungspolitik das drohende Gespenst der Dreiteilung (Bottrop-Gladbeck-Kirchhellen) gebannt und durch intensives Verhandeln von Oberbürgermeister Ernst Wilczok Kirchhellen der Gemeinde Bottrop „zugeteilt" worden war, zählte die neue Großstadt Mitte 1976 mit den Kirchhellener Wirte-Kollegen 295 Konzessionen. Viele bekannte Bottroper Namen blättern wir im Erinnerungsheft 1977 auf: Marta Schuknecht, Theodor Schäfer, Franz Reidick, Lisa ten Hövel, Gertrudis Gosmann, Gangolf Große-Wilde, Hans Vieth, Ferdi Kresmann, Heinrich Lindemann, Familie Preuthen, Hubert Heger, um nur einige engagierte Kneipiers zu nennen. Sie stehen für Kontaktfreudigkeit, Hilfe und Gegenhilfe, für Zusammensein in „ihrer" Vereinigung.

„Nur wenige Kreisgruppen unseres Bundesverbandes können auf eine so lange organisatorische Gemeinschaft innerhalb unseres Gewerbes zurückblicken", setzt der damalige Präsident des Deutschen Hotel- und Gaststättenverbandes dem Bottroper Jubilar ins Buch. Leo Imhoff: „Die Probleme und Sorgen der Gastwirte und Hoteliers in Bottrop, mit denen Sie täglich konfrontiert werden, sind weitgehend identisch mit denen der Kollegen in den anderen Teilen des Bundesgebietes. [...] Dass die Kreisstelle Bottrop sich dieser Aufgabe in der seit 95 Jahren bewiesenen [...] Aktivität auch in Zukunft stellen wird, dessen bin ich gewiß." (ebd., S. 3)

Bei allem Auf und Ab gab es dann immer auch starke Bottroper Gastronomen, die mit eisernem Willen für die Interessen ihrer Branche in die spätere „Kreisvereinigung Bottrop, Gladbeck, Gelsenkirchen im Deutschen Hotel- und Gaststättenverband Westfalen e.V." (DEHOGA) eintraten: Dr. Schürmann, Dr. Schönewald und Assessor Heuser nennt der Chronist (vgl. ebd., S. 15). Hinter dieser Aufbauarbeit stehen Menschen, die sich freiwillig in den Dienst der Sache gestellt und Verantwortung übernommen haben.

Was ambitioniert zu diesem Ehrenamt?

Wir fragten Tina Große-Wilde, Wirtstochter und Bottroper Kreisvorsitzende des Verbandes: „Gemeinsam ist man bekanntlich stark", spricht sich die Unternehmerin kurz und präzise für ihr überzeugtes Mittun an vorderster Front aus. „Der Dialog ist wichtig, insbesondere wenn es um gemeinsame Ideen und Konzepte für die Zukunft unserer Branche geht." Der DEHOGA ist bekanntlich der Interessenvertreter des Gastgewerbes gegenüber Politik, Medien und Öffentlichkeit, er ist Partner auf Arbeitgeberseite und führt zudem Marketingaktionen durch. Es ist nicht Zweck dieser Zeilen, ein „Verbandsportrait" darzutun. Nur so viel: Schneller Service, individuelle Beratung u.a. in Rechts- und Betriebsfragen oder solchen der Existenzgründung gelten als Besonderheiten im Aufgabenkatalog. „Mit nicht von der Hand zu weisenden Lobbyerfolgen", berichtet Tina Große-Wilde.

„Diesen Job hat Papa mir ans Herz gelegt"

Ob Mindestlohn, Minijobregelung oder Trinkgeldbesteuerung, Bettensteuer oder Kultur- und Tourismusabgaben, das Nichtraucherschutzgesetz: All diese Themen lassen aufhorchen, zumindest Kollegenkreise werden hellhörig. Und Lösungen in diversen Brennpunkten kämen nicht von selbst: „Da ist der Verband, nicht zuletzt um Kosten zu sparen, eine ideale Plattform, Strategien wahrzunehmen, zu verfolgen und wichtige Fakten weiterzutragen. Branchenaktuelle Informationen, der Erfahrungsaustausch mit Kollegen sind von Nutzen." Davon sollten, mit den Worten der Vorsitzenden gesprochen, möglichst viele profitieren.

„Diese Aufgabe, dieses Amt hat Papa mir sozusagen aufs Auge gedrückt. Zugegeben. Mein – unser aller Wirte Job ist stressig, bei allem veränderten viel diskutierten Kneipensterben und damit verbundenem Ausgehverhalten", das die Wirtin (Foto) unter anderem in flexiblen Arbeitszeiten oder auch im sogenannten Freizeitstress der Gesellschaft begründet. „Die Leistungspalette für uns Wirte liegt hoch. Verbandsarbeit ist zusätzlicher Zeitaufwand. Aber es macht auch Spaß, hin und wieder mal über den Tellerrand zu sehen und am Ende gesammelte Informationen gemeinsam zu filtern und vorzutragen."

Hotel-Restaurant Große-Wilde

Traditionsgaststätten im Familienbesitz werden immer seltener. Gerade in diesen Häusern finden sich bekanntlich Zusammenhänge, die örtliches Leben, Lebensgewohnheiten nahebringen. Hier rufe ich mit Schwillen Franz einen Namen auf, mit dem – mit Verlaub gesagt – der junge Bottroper zunächst wohl eher nicht viel anzufangen weiß. Unser Parcours durch die heimische Gaststättenlandschaft führt uns nun in den Norden der Stadt, auf den Eigen. "Geschichten von hier" kündigten wir im Editorial des vorgelegten Buches an. Im "Große-Wilde"-Familienarchiv spürten wir einige(s) auf...

Schwillen Franz „residierte“ auf der Große-Wilde/ Niederhoffschen Besitzung

Gasthaus „Zum Deutschen Eck“ nannte Johann Franz Große-Wilde sein 1898 fertiggestelltes und 1900 bezogenes gastliches Haus an der Gladbecker Straße 207, der Einmündung des westlichen Nordrings in die nach Norden fließende Gladbecker Straße. Der Eigener Jung, genannt Schwillen Franz, wurde 1871, im Jahre der Bismarck'schen Reichsgründung, in eine Zeit des „größeren Wohlstandes auf dem elterlichen Hof“ hineingeboren. Als hofabgängiger, nicht erbberechtigter Sohn musste er einen eigenen Berufsweg finden. Er erlernte die Landwirtschaft im benachbarten Gladbeck. „Nicht ohne Begeisterung diente er bei den ‚Dragonern‘, einer Traditionskompanie, deren ehemalige Aktive sich regelmäßig über Jahrzehnte ‚gesellig‘ am Trappenkamp trafen“, schreibt Hanns Wilhelm Große-Wilde 1978 in seiner aufschlussreichen Familiengeschichte. „Im Zuge der aufkommenden Industrialisierung machte sich Schwillen

Schwillen Franz mit Ehefrau Maria

Franz als Fuhrunternehmer selbständig. Er 'residierte' auf der Große-Wilde/Nierhoffschen Besitzung an der Ecke Gladbecker Straße/Schlangenholt." 1897 heiratete er die gleichaltrige Maria Ketteler vom nachbarlichen Schlangenholts Hof (ein Oberhof); jene Marie, die auf Schloss Berge die gute Küche, feine Manieren, Lesen, Dichten und Musizieren (kennen)gelernt hatte und bei all dem „Schöngeistigen" ihren Mut nie verlor. Da die Konzession für einen Betrieb zum Ausschank alkoholischer Getränke (erster Antrag 1896) noch Jahre auf sich warten ließ, musste neben dem Fuhrbetrieb – Pferdeställe im Hof, später Gemüselager von Siegburg, heutiger Teil der Kegelbahn – ein kleiner Kolonialwarenladen betrieben werden, der heute den Wirtschaftseingang mit Thekenraum darstellt.

Erst die zunehmende Besiedlung nach Abteufung der Zechen Rheinbaben und Prosper III, die Bautätigkeit für Wohnraum der Bergleute sowie die kirchlichen und außerkirchlichen Aktivitäten banden alle Kräfte in den Gastwirtschaftsbetrieb. Bald schon brummte der Laden:

„Schon morgens beim Wechseln zwischen Nacht- und Morgenschicht war die 'Schnapspumpe' in Betrieb. Es wird berichtet, dass Schwillen Marie in der Schürze das 'viele' Geld nach oben trug."

Der Start war nicht leicht

Zum Grundstückskauf reichten die Mitgift vom Hof und die Ersparnisse aus dem Fuhrbetrieb aus. Das andere – der Bau – musste erst mal verdient werden. 1909/1910 erfolgten der Bau des Gesellschaftszimmers und des Saales sowie der Bau an der „Gladbecker“ Nr. 203. Es ist der Klugheit und Weitsicht der Wirtsleute und schließlich auch der Beharrlichkeit von Schwillen Marie zu verdanken, dass der Betrieb auf dem Warmen Eigen über Jahrzehnte für viele Bürger zum „zweiten Wohnzimmer“ wurde. Die Gaststätte entwickelte sich zu einem Kommunikationszentrum für die Eigener und ihre Vereine (Vereinsgründungen bzw. Vereinslokal: Cäcilienverein 1908, der spätere Kirchenchor, SV 1911, Marinekameradschaft, Karnevalsgesellschaft 1913, Bürgerschützenverein von 1920/Vereinslokal der 3. Kompanie, Billard-Gesellschaft/BG 24). In den Familienerinnerungen heißt es: „Schwillens Stammtisch war Nachrichten-, Informations- und Handels-Börse.“ Das wundert nicht, denn der Gastwirt ließ sich keinesfalls nur an den Zapfhahn binden. Seine Interessen reichten weit über die Wirtsstube hinaus: Er war Motivator und Initiator, Mitbegründer und Mitglied vieler Vereine seiner Zeit. Er delegierte und disponierte, Schwillen Franz bewegte als Persönlichkeit, die ihn als den „lebensfrohen, Geselligkeit liebenden, den jederzeit zu Späßen aufgelegten Eigener [mit] bäuerlichem Instinkt [...] und unternehmerischem Fingerspitzengefühl zeichnet“.

Innenansicht aus der Gründerzeit

Es wird erzählt...

„Ein marxistischer Arbeiter- und Bildungsverein spielte – im Übrigen zeitgemäß – zur besseren Vermittlung des proletarischen Kampfes gegen Kapitalismus und Klerikalismus ein Theaterstück. Schwillen Marie stand hinter der Saaltheke. Am dramaturgischen Höhepunkt – ‘revolutionierte Priester bespötteten ein Kruzifix‘ – war die Toleranzschwelle überschritten. Mit dem die Schauspieler übertönenden Ruf ‘we sind en christlich Hues‘ riss sie den Zentralschalter runter. Die Bühne verdunkelte, das Schauspiel und die Veranstaltung waren geschmissen. Bemerkenswerte Toleranz andererseits: Es blieb – wider Erwarten – ohne Folgen.“ (Familienchronik Große-Wilde 1978)

...von „Zucht und Ordnung“

„In Wirtschaft und Saal Große-Wilde herrschten ’Zucht und Ordnung‘. Widerspenstige und Streitsüchtige bekamen ’langen Hafer‘. Diesen Saalschutz erledigten die baumstarken Söhne der Familie, Hannes und Paul, „mit fallweise bewährter [personeller, Anm.] Unterstützung“, schreibt die Chronik. „Ein Wink, ein leiser Pfiff von Schwillen Franz genügte, das Einsatzkommando rollte.“

Neben Box-, Theater- und Kabarettveranstaltungen gab es im Große-Wilde-Saal auch Treffen politischer Vereine und Gremien. Die wirtschaftliche Abhängigkeit vom Saalbetrieb forderte daher von den Wirtsleuten ein Höchstmaß an Toleranz gegenüber allen Ideologien. Das aber hatte seine Grenzen, vor allem bei Schwillen Marie (siehe vorherige Seite).

Schwillen Franz (1871-1948) und Marie Kettler (1871-1953) hatten sechs Kinder. Anfang der 1930er Jahre übernahm Sohn Johannes mit Ehefrau Ida (Schützenkönigin BSV Eigen) den Betrieb; er war wie sein Vater der geborene Gastwirt mit Leib und Seele. Wenn es seinerzeit auf dem Eigen hieß, wir gehen 'no Hannes', war das so eine Art Liebeserklärung an den zudem begeisterten Sportler, der es beispielsweise im Billardspiel, seiner liebsten Disziplin, bis zur Westfalenmeisterschaft brachte. In der dritten Generation übernahm Johannes' Sohn Gangolf Große-Wilde mit Ehefrau Sigrid den Familienbetrieb. „Der Tradition verpflichtet und offen sein für Neues" lautete die Devise der fleißigen und gesellschaftsliebenden Wirtsleute. In ihrer Ägide (1963 – 1998) erfolgten in sporadischen Abständen gravierende Renovierungen (Gaststätte, Saal, Hotelbereich) und Neuerungen (u.a. zwei Bundeskegelbahnen). „Um den Gästen zeitgemäßen Komfort in gewohntem Niveau garantieren zu können", sagte mir Gangolf Große-Wilde. Das war zur Zeit seines runden Geburtstags, als er zudem als „Schützenkönig" (BSV Eigen) den halben Eigen auf die Beine brachte.

Ein verdienstvolles Leben für die Nächsten

Vorgenannte „Geschichten von hier" stehen exemplarisch für die Situation der (meisten) Wirtsleute – Männer wie Frauen – in ihrer Zeit; ein beredtes Zeugnis dafür, dass für sie die Gemeinde Bottrop immer auch mehr war als nur ein Wohnort. Ein verdienstvolles Leben für die Nächsten: das sind Tochter Tina Große-Wilde,

Hotelkauffrau und Inhaberin, sowie Ehemann Carlos Rempert, Küchenmeister, der als solcher sein Können qualitätsbewusst und kreativ umsetzt. 1998 erfolgte an der Gladbecker Straße 207 der Staffettenwechsel. Mit neuen „Gastgebergeschichten", die bis heute in moderner, freundlich-heller Gestaltung aller Gasträume, in hochmotiviertem Service und in klassisch-hochwertigem Speisen- und Getränkeaufgebot zum Ausdruck kommen. Weg also vom Image – nur Theke, nur Kneipe; in einer Zeit, die dem Nur-Thekengeschäft in noch so gediegenem Lokal keine große Zukunft garantieren konnte.

Gasthaus „Zum Deutschen Eck", Bottro

„Essen und Trinken, die Begegnung in sympathischer gepflegter Atmosphäre sollen Laune machen", sagte mir der versierte Küchenmeister bei seinem Einstieg in den traditionsreichen Familienbetrieb. Das ist lange her. Wissen und Kreativität paarten sich mit Mut, Engagement und Verantwortungsbewusstsein. Die neue Geschäftsidee funkte dank des starken geschäftsführenden Gespanns.

Fast 20 Jahre später klingt aus dem Munde der „Bottroper Tochter" Tina: „Es war und ist eine große und wunderbare Aufgabe, ein Haus in der vierten Generation zu führen, ohne verstaubte Anhängsel mitzuschleppen, aber der Tradition Rechnung zu tragen. [...] Es macht so viel Spaß, dem Haus immer wieder neue Impulse zu geben" (Kleemann, WAZ Bottrop, 7. September 2016). Der Wandel von der einst üblichen Eckkneipe hin zum „Hotel-Restaurant Große-Wilde mit ausgezeichnetem Ruf ruhrgebietsweit" ist eine runde Sache, ein Volltreffer!

„Darauf haben wir lange warten müssen…“

„So einen Treffpunkt gibt es kein zweites Mal in Bottrop“, schwärmt mein älterer Tischnachbar in illustrer Frühstücksrunde. „Ein charmantes Café im Herzen Bottrops. Darauf haben wir lange verzichten und warten müssen. Das hier ist ein Besonderes; so etwas hat es in Bottrop – so lange ich zurückdenken kann – nicht gegeben.“ Allgemeines Kopfnicken in der Gästerunde bestätigt das Novum: „Und Frühstücken auf offener Straße – auch das war in Bottrop bis vor kurzem noch undenkbar.“ Wir befinden uns im Café Corretto; gelegen an der Gladbecker Straße 23, fußläufige Gastro- und Geschäftsmeile zwischen Altmarkt und Gerichtsstraße. Vor zig Jahren kurvte hier noch die „Elektrische“, wie man die Straßenbahn damals nannte.

Wenn man ins Plaudern gerät…

…kommen Geschichten zutage, die der jungen Generation fremd und Alt-Bottropern fast entfallen sind. Namen kommen ins Spiel, Personen und Persönlichkeiten. Warum nicht mal abschweifen in die aktive Zeit der „Alt-Bottroper“? In dem charmanten Café an der „Gladbecker“ 23 befinden wir uns in der alten Villa Kleffner. Mir gegenüber sitzt Hans Kleffner, langjähriger Richter am hiesigen Amtsgericht. Er ist ein Sohn des Hauses und erzählt von den damaligen Zeiten: „Ja, ja, die Straßenbahn – Haltestelle Am Kreuzkamp. Die Elektrische war für uns Kinder der ewige, der systematische Wecker am Morgen“, kommt es dem inzwischen betagten Pensionär schmunzelnd über die Lippen. Just in dem Haus, das um 1892 von dem damals 31-jäh-

Viel Tradition: Die Gladbecker 23 und ihre Villa Kleffner (links: Gartenansicht 1964, rechts: Vorderansicht 1980)

rigen Carl Schunck erbaut wurde: „Seine 1900 geborene Tochter, Marie-Luise, drittes Kind der Familie, heiratete 1924 den Exportkaufmann Dr. Fritz Kleffner. Er war der Sohn des damaligen Direktors des Bottroper Jungengymnasiums, Professor Anton Kleffner – mein Großvater. Nach beruflichen Stationen in England, USA und dem damals deutschen Beuthen – Oberschlesien – kam die Familie Dr. Fritz Kleffner 1944 nach Bottrop zurück in das mütterliche Elternhaus, in dem die Großmutter, Witwe Hedwig Schunck, noch bis zu ihrem Tode 1945 lebte."

Dr. Fritz Kleffner, Vater unseres sympathischen Gesprächspartners, arbeitete ab 1946 in der Verwaltung der Stadt Bottrop. Die Stadtchronik führt ihn für die Jahre von 1951 bis zu seiner Pensionierung 1963 als Oberstadtdirektor auf. Wer in Vereinsschriften, Jubiläumsbroschüren, Bottroper Jahrbüchern blättert, trifft auf die unverwechselbare Handschrift des städtischen Verwaltungschefs. Sieben sog. „Ruhestandsjahre" waren Dr. Fritz Kleffner bis zu seinem Tode (1970) gegeben. Nach dem Tode seiner Ehefrau – 1985 – verkaufte die Erbengemeinschaft der Geschwister Kleffner das Wohnhaus „Gladbecker" Nr. 23 an die Familien-GbR Schmitz-Schäfer (1988).

Hans Kleffner überließ uns Ansichten aus dem Familienarchiv. Das Haus hatte einen kleinen Vorgarten und nach einem Umbau einen gläsernen Vorbau mit Treppe. „Der Eingang befand sich ursprünglich seitlich des Hauses", erzählt der Alt-Bottroper, einen genüsslichen „Kaffee mit Schuss" vor sich. „Die schmucke weiße Flügeltür [Foto, Anm.], die den Gastraum des Cafés von dessen Garderoben- und Sanitärbereich trennt, das ist Relikt aus alten Tagen." Alte Zeiten sprechen zudem aus dem erhaltenen, aufbereiteten Mauerwerk des Wohnhauses, das nach einigen Leerstand-Jahren und späterer Veräußerung an den heutigen Besitzer (Oliver Helmke) in der Zeit 2012/2013 grundsaniert und umgestaltet wurde.

Italienisches Flair – Vielfältige Auswahl an dolce

Von der Villa Kleffner zum Café-Haus mit italienischem Flair: „Einkehren, abschalten, genießen und sich erfreuen an italienischen Köstlichkeiten und vielem anderen mehr", lautet die Devise, nach der Gastronom Yüksel, junger und erfahrener Chef des Hauses, und sein Team mit der „Selbstbedienung" einen für die Bottroper bis dahin ungewohnten Caféhaus-Service praktizieren. „Das zukunftsorientierte Konzept hat sich bewährt", bilanziert der tüchtige Geschäftsmann vier erfolgreiche Jahre in seinem „Corretto". Vielfältige Programme und Mitmachaktionen, so die Bottroper Kneipennacht, der Feierabendmarkt, Aktionen zu saisonalen Anlässen (Herbstfest, Stadtfest, Weihnachtsmarkt), spezielle Feierabend-Events bringen namhafte Stadtrepräsentanten, Künstler und (Musik-)Gruppen ins Haus, das auch Gesellschaften und Feierlichkeiten im größeren Rahmen aufnimmt. Blickfang in der außergewöhnlichen Innenausstattung ist die vielfältige Auswahl an *dolce*. Aber auch wer Appetit auf Herzhaftes oder Frühstück hat, kommt voll auf seine Kosten. Während die Gäste die Qual der Wahl haben, bereitet der Barista Kaffeespezialitäten mit frisch gemahlenen Bohnen in der kupfernen Espressomaschine zu. Und die ist im jungen Treffpunkt dauernd in Betrieb...

„Das alte Bottrop" überschrieb der hier geborene Maler und Graphiker Heinz Voss 1982 seinen Kunstband, der „die Stimmung dieser Zeit ein wenig aufleben lässt". Die Titelseite des Bandes schmückt „ein abendliches Stimmungsbild an der Rathausschenke Schrüllkamp vor dem Rathausplatz im Jahre 1935".

Bis in die 70er Jahre des 19. Jahrhunderts lässt sich die Geschichte der „Schänke" zurückverfolgen. Der Bottroper Autor Wilfrid Krix, der 2005 mit auf unsere erste „Kneipentour" ging, hat diese in seinem Buch „Alt-Bottroper Kneipenlandschaft. Ein Stück Ortsgeschichte vom Tresen aus gesehen" zusammengefasst. Als dieser Band 2007 im Rahmen eines Klönabends der Historischen Gesellschaft in der Rathausschänke vorgestellt wurde, saßen wir eng beieinander, redeten, diskutierten und tranken unser Bier, mit Fragen zur Sache gut ausgestattet. „Die Geschichte der Bottroper Kneipen, Gast- und Schankstätten ist lang und interessant", berichteten älteste Teilnehmer, die an jenem Abend vom Auf und Ab des heimischen Gaststättenwesens einerseits reichlich Informatives mitnehmen, andererseits noch manches aus ihrer Zeit beisteuern konnten.

Es gab ruhige und stürmische Zeiten

Das Bottroper Schankwesen ist eng verwoben mit

der Gemeinde und ihren Bürgern in der Zeit der Industrialisierung. Es hat Höhen und Tiefen gesehen, es gab ruhige und es gab stürmische Zeiten. Dass in den Gaststätten im alten Bottrop – in Dorfmitte – Hochbetrieb im Grunde genommen auch nur an den Fest- oder Markttagen herrschte und aus diesem Grunde die meisten Wirte ihren Dienst am Tresen nur als Zweitjob ausübten, ließ die Klönabend-Gäste aufhorchen.

Aus der Geschichte

Apropos Zweitjob: Wirte im frühen Bottrop verdienten ihr Geld nicht hinterm Tresen, sondern in erster Linie als Bäcker oder Gärtner, als Metzger oder Buchhändler. Bernhard Schuknecht zum Beispiel verkaufte Stoffe, als er 1872 den Antrag auf Führung einer Gaststätte in seinem Haus des Katasters Dorf, Nr. 82/3 Kirchhellener Straße 18 stellte. 1873 erhielt der Bottroper Schneidermeister die Konzession für das Haus, das erst 20 Jahre später als Bierwirtschaft aufgelistet ist. 1898 beantragte Bernhard Schuknecht diese beschränkte Konzession für seinen Sohn Heinrich (vgl. Krix 2007: „Alt-Bottroper Kneipenlandschaft“, S. 152f). 40 Jahre nach erster Antragsstellung war die Schänke mittlerweile in den Besitz von Theodor Schrüllkamp übergegangen, der die Witwe Schuknecht geheiratet hatte. Schrüllkamp stellte einen Bauantrag für die gegenüberliegende Seite der Kirchhellener Straße, die Erlaubnis für die neue Schänke mit nun unbeschränkter Konzession ist datiert auf den 12. März 1916 (vgl. ebd.).

100 wechselvolle Jahre ...

...liegen zwischen dem Gestern und Heute. Wo einerseits verändertes Freizeitleben und damit einhergehende wirtschaftliche Zwänge ihren Tribut zollten, fanden sich immer auch Gastronomen, die der Rathausschänke mit eigenen Ideen und Konzepten im jeweiligen Trend der Zeit neues Leben einhauchten. So erfolgte in den letzten Jahrzehnten eine aufwändige Renovierung der historischen Hausfassade. Die Gaststätte wurde durch Wegzug des angrenzenden Reisebüros um diese Fläche erweitert (Raum für Gruppen und Gesellschaften). Die Ausstattung im Inneren, sprich Theke und Tresen, Schankraum und Mobilar, die Philosophie des Hauses (Küche, sprich Getränke- und Speisenkarten, Programme u.ä.) wechselten – nicht immer ohne Zwänge (Rauchverbot) – mehrmals ihre Farben und Formen. Wirte und Pächter waren nach den Gründervätern Schuknecht und Schrüllkamp u.a. Gerd Bonk, Brigitte Donath und Birgit Busemann.

Die Inhaber Stephan Kückelmann (links), Tobias Lindemann und Mitarbeiterin Bianca Busemann

Junge Führungscrew bringt Frische ins Haus

„Gesellschaftliches Flair, Stammtischkultur, gewichtige Stimmen aus Wirtschaft und Politik, da der runde Tisch der Schützen von der Alten Allgemeinen, dort die Sportler, Kartenspieler im ‚Kapellchen' – das alles hat Charme. Es steckt eben viel in den Wänden", bekannten sich Stephan Kückelmann und Tobias Lindemann zu ihrem „Unternehmen Rathausschänke", als wir sie nach den Beweggründen zur Pachtübernahme des Hauses fragten. Als sie sich im September 2014 zu diesem Schritt entschieden, war der Standorterhalt ein angestrebtes Ziel des Pächter- und späteren Mitarbeiter-/ Serviceteams. „Die Geschichte des Hauses, Flair und Ambiente und nicht zuletzt die Atmosphäre, die Nähe zu Rathaus und Rathausplatz haben von Anfang an neugierig gemacht. Wenn schon Gastronomie, dann an bewährter Stelle“, betonten die Jungunternehmer.

Neuer Glanz in alten Gemäuern: die „Schänke“

Im aufwärtsstrebenden Rathausviertel der nördlichen Innenstadt ist den Bottropern ein Treffpunkt gegeben, der nach wie vor Vereine und Verbände, Stammgäste und Stammtische, Gelegenheitsbesucher und vor allem junge Leute versammelt. Hier treffen sich alle Generationen. Es gibt unterschiedlichste Programme vom Cocktail- oder Partyabend bis hin zur Kneipennacht. Dazu Schankhausschleckereien klein und fein. „Denn“, so viel wissen die über alle Zeiten gesehen wohl jüngsten Betreiber des Hauses, „allein das Thekengeschäft bringt kein Publikum, nicht die Massen.“

Man spricht über Gott und die Welt in gepflegter Atmosphäre und Geselligkeit. Das war immer so; eine große Herausforderung für die Wirte und Pächter aller Zeiten. 100 Jahre Rathausschänke: „Am Puls der Zeit sein“ lautet das Credo – auch für Stephan Kückelmann und Tobias Lindemann ein hohes Investment in die Zukunft. Glückauf.

Kulinarische Vielfalt und gute Atmosphäre: Zugegeben, wir haben unsere Foto-Termine und Interviews für die vorliegenden „Kneipenszene(n)“ mit den ansässigen Gastronomen und Bottroper Bürgern genossen, bei gutem Kaffee und Kuchen, frisch gezapftem Bier oder einem ausgezeichneten Abendessen. Wir haben gut besuchte Kneipen beobachtet, gemütliche Mittagspäusler im Café, viele spontan einkehrende Fußgänger und Radler an warmen Sommerabenden – mitten in der City, in Kirchhellen, in den Stadtteilen.

Viel gab und gibt es zu erzählen. Selbstredend hoffen wir, dass die Geschichte um die neu erstarkte, sich wandelnde Gastro-Szene längst noch nicht zu Ende geschrieben ist. Eben jene „Geschichten von hier“ haben wir dem Leser mit diesem Buch versprochen. Einzigartiges für Bottrop und Typisches, wie es sich so tausendfach in der Region abspielt(e), ward in unseren Kneipentouren aufgerufen und ist in einigen Beispielen dokumentiert. Interessante Stadt- und Sozialgeschichte schimmert durch.

Blick auf die Gastro-Meile: „Stadt-Café“, das „König Pilsener Bierhaus“ und „Corretto“ im Hintergrund

Neben dem wenigen ewig Etablierten und dem noch Erhaltenen gibt es in Bottrop auch etliche Beispiele für konzeptionelle Veränderungen. Zudem ist in jüngster Zeit dank privater Initiativen völlig

Neues hinzugekommen. Investoren gaben Impulse für die „Ansiedlung" von Kneipen u. ä. Treffpunkten, die den Herausforderungen der Zeit entsprechen. Zum Beispiel in der fußläufigen nördlichen Bottroper Innenstadt, die mit ihrer Gastro-Meile (Gladbecker Straße) oder dem von Anfang an boomenden – in zweiwöchigem Rhythmus donnerstags durchgeführten – Feierabendmarkt vor historischer Kulisse am Rathausplatz von sich reden macht. „Das motiviert und macht Mut", sagen die Kneipiers, „das bringt junges Blut in die City", springt es auch manch Älterem aus dem Munde, der gestern noch „Bottrop – die tote Innenstadt" und ihr ewiges „Kneipensterben" beklagte. Es ist vor allem der gesellige Aspekt, der fasziniert und ins Rathausviertel zieht. Mal wieder auf ein Bier am Tresen und Stehtisch oder in einladender Außengastronomie zusammenzukommen, liegt im Trend. Bei Live-Musik Freunde treffen in Bottrops „Locations": Kneipennächte – in 2016 zum zehnten Male über die Bühne gegangen – bewegen die Massen. Da machen sie in der Innenstadt fast alle mit. Um nur einige zu nennen: Alte Stuben/Am Lamperfeld, Café Extrabatt/Pferdemarkt, das „König City"/ Berliner Platz, die

Das Passmanns: Gemütliche Atmosphäre und inspirierendes Interieur lassen Bier und Wein schmecken

Cocktails in the City: Die kasBAR serviert gute Getränke und junge Atmosphäre

Gaststätte „Am Hallenbad“, Café Kram/ Adolf-Kolping-Straße, das König-Pilsener Bierhaus, die Kultkneipe Stadtcafé, Il Vinaio und Corretto, die kasBAR, die Gaststätte Hürter, allesamt in der Gastro-Meile Gladbecker Straße gelegen, die benachbarte „Mühle“ am Droste-Hülshoff-Platz 7 mit ihrem außergewöhnlichen Bierangebot, Passmanns an der Kirchhellener Straße und last but not least die Rathausschänke. Zu einigen dieser Treffpunkte haben wir Geschichten sammeln können und in vorgelegtem Buch erzählt. Viele andere sind es zweifellos noch wert, nachgetragen zu werden. Ob auf ein Bierchen zum Stammtisch, ob auf einen Wein oder Whisky, ob auf ein Päuschen bei italienischen Häppchen, ob Essen und Trinken in der historischen Mühle, wo einst Getreide gemahlen wurde und sich heute leidenschaftlich feiern und schlemmen lässt, ob Musik-Event oder der gemütliche

Modernes Konzept in traditionellen Gemäuern: das „Corretto“ an der Gladbecker Straße

Treff mit Freunden und Kollegen in Mittagspause oder am Feierabend: Die hier genannten Lokale liegen so dicht zusammen, dass der Besucher – zum Beispiel bei genannten Kult-Veranstaltungen – nicht länger als 10 Minuten zu Fuß gehen muss, um hereinzuschnuppern, mitzumachen und die unterschiedlichsten Angebote zu genießen. Gesellige Grüppchen stehen an Biertischen, andere sitzen auf Bänken, wieder andere schlendern über die Gastro-Meile und nutzen die Gelegenheit, bei fröhlichem Smalltalk an der frischen Luft zu sein.

Generationen verbinden im Fachgespräch: „Kneipenszene(n)"-Autorin Elsbeth Müller (links), Bettina Jansen und Stephan Kückelmann in der Rathausschänke (2016)

Und ganz in der Nähe von Rathausviertel und Gastro-Meile: die Kirche Heilig Kreuz, die mit vielen kulturellen Attraktionen – wie Ausstellungen und Konzerten – ins denkmalgeschützte Gebäude ganz besonderer Architektur ruft. All diese Orte, sie sind ein Schmelztiegel guter Gesellschaft, mit viel Tradition und viel Innovationsfreude dicht nebeneinander. Besondere „Kneipenszene(n)" eben – in einer besonderen Stadt.

ALLES HAT EIN ENDE...

Während wir diese letzten Zeilen an unseren „Kneipenszene(n)" schreiben, steht ein kühles Glas Bier neben unserem Computer. Ein Prost auf das Ende dieser langen Reise voller Geschichten, die wir Ihnen am Anfang versprochen haben? Nicht nur. Das Bier, es ist viel mehr als der alkoholische Durstlöscher, mehr als das wohlverdiente Getränk an einem späten Feierabend.

Das Bier manifestiert sich in unserer Reise durch die regionalen Gaststätten und Wirtschaften vor allem als Symbol. Genauso wie Cocktails, Wein oder auch das erfrischende Glas Wasser ist das Bier mehr als ein Getränk: Schließlich gehen wir nicht aus, um Bier – oder Wein, oder Cocktails, oder oder... – nur zu trinken; das könnten wir schließlich auch zuhause, allein. Nein, in unseren Kneipen sind Bier und Co. Kommunikationsmittel, sie sind Symbole für Gesellschaften und Geselligkeit, für gute Fachgespräche in großer Runde, für private Unterhaltungen zwischen zwei Gleichgesinnten. Und für lange Klönabende über Gott und die Welt. Früher galt Bier als das Schmiermittel der Bergleute nach getaner Arbeit und hatte – wenn man symbolisch weiterdenkt – große integrative Kraft für das multikulturelle Ruhrgebiet. Die Kneipe war gleichsam der Ort, in dem diese Integration, diese Identitätsstiftung der Region gelebt wurde. Als Bergbau- und Stahlindustrie verschwanden, hatten es auch die Kneipen schwer. Die vielzitierte Identitätskrise des Ruhrgebiets ist sicher auch eine Folge dieses Kneipensterbens. Heute wacht unter anderem der Fußball als integrative Kraft über Ruhr und Emscher, verbindet Nationen und Generationen. Auch hier oft zur Hand: das Bier.

Wir blicken also wieder auf das „kühle Blonde" auf unserem Schreibtisch: So viel Geschichte steckt in dem Getränk, so viel Tradition, aber auch so viel Zukunft, denkt man an die Klein- und Hobbybrauereien, die mit den wenigen Zutaten spannende Neukompositionen kreieren. So schreibt dieses Getränk weiter seine ganz eigene Geschichte. Davon wollten wir in unserem Buch ein wenig erzählen, genauso wie von den Blütezeiten und

dem Niedergang vieler Gastwirtschaften und Kneipen. Gleichwohl bleibt ein optimistischer Eindruck unseres Panoramas der Bottroper Gaststättenlandschaft: Neben den etablierten, erfahrenen Gastronomen und Kneipiers sorgen auch jüngere Unternehmer für eine bunte Kneipenszene. Sie alle arbeiten mit ungezügeltem Engagement für ihre Gäste, immer mit dem Blick auf innovative Ideen und gesellschaftliche Trends. Davon konnten wir uns in den vielen Gesprächen und Interviews für dieses Buch überzeugen. Wir hoffen, dass Sie diese Eindrücke bei der Lektüre dieses Buches ebenfalls gewinnen konnten – und dass unsere Gaststättenlandschaft auch in den kommenden Jahren viele weitere positive Geschichten schreibt. Darauf lässt sich doch gut anstoßen, oder?

In diesem Sinne: Prost und Glückauf!

WIR DANKEN...

allen Beteiligten für die Realisierung des vorgelegten Buches.

Unser besonderer Dank gilt den Wirtschaftspartnern aus der Region, die die Herausgabe dieses Beitrags zur Bottroper Geschichte ermöglichten:

Sparkasse Bottrop

Volksbank Kirchhellen eG Bottrop

Privatbrauerei Jacob Stauder

Oliver Helmke GmbH

Emscher Lippe Energie GmbH

WIR DANKEN...

Nachstehenden Gaststätten und Personen gilt unser zusätzlicher Dank für ihre inhaltliche Unterstützung:

Bettina Jansen, Tochter des Inhabers der Westfalia-Braurei Bernhard Jansen

Passmanns – Reimbern von Wedel-Parlow

Alte Stuben – Sabine Behrendt

Corretto – Yüksel Ucak und Hans Kleffner

Hotel-Restaurant Große-Wilde – Tina Große-Wilde sowie Hanns Wilhelm Große-Wilde

Stadtcafé – Georg „Schorsch“ Louven-Schumacher

Rathausschänke – Stephan Kückelmann und Tobias Lindemann

Hürter – Ramona Fleer

Dieter Hönscher

SCHRIFTLICHE QUELLEN

95 Jahre Gaststätten- und Hotelgewerbe Bottrop. Jubiläumsfestschrift (1977).

Abrams, Lynn: Zur Entwicklung einer kommerziellen Arbeiterkultur im Ruhrgebiet (1850-1914). In: Dagmar Kift (Hg.): Kirmes, Kneipe, Kino. Arbeiterkultur im Ruhrgebiet zwischen Kommerz und Kontrolle (1850-1904). Schöningh, Paderborn.

Aschendorf, Dirk: Kneipengeschichte(n) bei frischem Pils. WAZ Bottrop, 31.03.2014.

Biskup, Heike (2016): Bier gibt's in Bottrop seit 1000 Jahren. WAZ Bottrop, 23.04.2016.

Büning, Hans/Rottmann, Johannes (1987): Kirchhellens Straßennamen. Schriftenreihe des Vereins für Orts- und Heimatkunde Kirchhellen, Nr. 17.

Büning, Hans/Kleppe, Theo/Täpper, Theo (1998): Kirchhellen in der guten alten Zeit. Schriftenreihe des Vereins für Orts- und Heimatkunde Kirchhellen, Nr. 29.

Dickmann, Dr. Alois (1931): Aus älteren Nachrichten über die Bottroper Biersteuer. Gladbecker Beobachter, 01.08.1931.

Gosdek, Rolf (1998): Bottroper Bier. Eine kleine Geschichte der gewerblichen Brauereien in Bottrop und Kirchhellen. Mitteilungen aus dem Museum für Ur- und Ortsgeschichte Bottrop, Nr. 1.

Große-Wilde, Hanns Wilhelm (1978): „Des Wilden Gut up dem Eygen (Eigen)" – Geschichte und „Geschichten" der Familie Große-Wilde und des Eigen.

Heinrichsbauer, Dr. Emil (1985): Kapellen – Wegekreuze – Bildstöcke. Schriftenreihe Historische Gesellschaft Bottrop e.V., Bd. 9.

Hoepfner, Dr. Friedrich Georg (1998): Die Hochburg der Braukunst. 200 Jahre Hoepfner 1798-1998. Info Verlagsgesellschaft, Karlsruhe.

Kift, Dagmar (1992) Arbeiterkulturforschung und Arbeiterkultur im Ruhrgebiet. In: dies. (Hg.): Kirmes, Kneipe, Kino. Arbeiterkultur im Ruhrgebiet zwischen Kommerz und Kontrolle (1850-1904). Schöningh, Paderborn.

Kleemann, Andrea (2016): Tina Große-Wilde packt überall mit an. WAZ Bottrop, 07.09.2016.

Kosok, Elisabeth (1992): Die Reglementierung des Vergnügens. Konzessionspraxis und Tanzbeschränkungen im Ruhrgebiet (1879-1914). In: Dagmar Kift (Hg.): Kirmes, Kneipe, Kino. Arbeiterkultur im Ruhrgebiet zwischen Kommerz und Kontrolle (1850-1904). Schöningh, Paderborn.

Krix, Wilfried (2007): Alt-Bottroper Kneipenlandschaft. Ein Stück Ortsgeschichte vom Tresen aus gesehen. Stadt Bottrop, Stadtarchiv Geschichtsstunde, Heft 7.

Meußdoerffer, Franz/Zarnkow, Martin (2016): Das Bier. Eine Geschichte von Hopfen und Malz. C.H. Beck, München.

Mulder, Joel (2016): Was John of Brabant a Beer God? <http://lostbeers.com/was-john-of-brabant-a-beer-god-1/> (abg. am 27.02.2017)

Müller, Elsbeth (1995/96): „Milder Emil" – ein Produkt der Kornbrennerei Johannes Brinkmann. Stadtspiegel Bottrop, genaues Datum unbek.

Müller, Elsbeth (1996): Damals wurden Kunden mit Pferd und Wagen beliefert. Stadtspiegel Bottrop, 10.01.1996.

Müller, Elsbeth (2008): Bottroper Töchter. Sutton Verlag, Erfurt.

Vallee, Bert L. (1998): Kleine Kulturgeschichte des Alkohols. In: Spektrum der Wissenschaft 8/1998, S. 62.

WAZ Bottrop (1978): An Fassade hängen viele Erinnerungen. WAZ Bottrop, 25.07.1978.

Westfalia-Brauerei B. Jansen 1874/1924. Erinnerungs-Blätter zum 50-jährigen Geschäfts-Jubiläum (1924).

FOTONACHWEISE

33-38, 85, 123	Verwendung unter freier Lizenz (Creative Commons)
44, 45, 46, 47, 48, 50 rechts, 54, 90, 110, 112, 114, 116-121	Fotos von U. Martin für dieses Buch
12, 15, 19, 20, 21, 58, 59 oben, 60 links, 73, 80, 96 links	Archiv Historische Gesellschaft. Einige Fotos aus Fundus Foto Heinz Müller, Bottrop
11, 62, 63 rechts, 105, 106, 109	Tina und Hanns Wilhelm Große-Wilde
5, 22-30	Bettina Jansen
18, 19, 59 unten, 60 rechts, 74, 75, 76 unten	Sammlung/Repro Dieter Hönscher
31, 43, 65, 89, 99	Eigenbesitz der Autoren
40	Georg Louven
50 links, 53	Ramona Fleer
55	Sabine Behrendt
61	Familienarchiv Franz Reidick
64	Luise Jakobsmeier
66-69	Aus dem Familienalbum Herbert Preuthen, überlassen von Ria Böken
70	Ralf Mader
71	Karla Vesper
72	Elsbeth Bednaz
76 oben	Hans Scheuss junior
77	Karl-Heinz Storp
78, 79, 81-83	Peter Pawliczek, Vorsitzender des Vereins für Orts- und Heimatkunde Kirchhellen
84	Deutscher Brauer-Bund e.V.
94, 96 rechts, 97	Katharina Katscher-Sackers
111	Hans Kleffner
113	Yüksel Ucak
116	Stephan Kückelmann

Die Fotos sind, wenn nicht im Besitz der Herausgeber, Leihgaben für dieses Buch bzw. den Herausgebern überlassen worden.